LE
PLÉBISCITE

CE QU'IL A ÉTÉ, CE QU'IL DOIT ÊTRE

PAR

DANIEL RAMÉE

Prix : 25 centimes

PARIS

LIBRAIRIE GÉNÉRALE

72, BOULEVARD HAUSSMANN ET RUE DU HAVRE

EN FACE DU MAGASIN DU PRINTEMPS

1870

LE PLÉBISCITE

CE QU'IL A ÉTÉ, CE QU'IL DOIT ÊTRE

L'origine des plébiscites est assez remarquable pour que l'on s'y arrête un instant par une esquisse rapide de son histoire.

Les plébiscites, résultat d'une révolution non politique, mais sociale, sont l'origine de la destruction de l'aristocratie patricienne à Rome et l'avénement de la participation du petit peuple, *plebs*, dans les affaires publiques.

Cette révolution fut commencée par les plébéiens des villes et des campagnes qui, comprenant avec raison que les guerres étaient la principale source de leur

misère, refusèrent tout à coup le service militaire ;
c'était uniquement une opposition passive au pouvoir,
impérium ; toutefois cette opposition ne fut pas sans action, car les consuls n'osèrent faire mettre à mort ni
punir les réfractaires. Le fait se passait en l'année de
Rome 260 ou dans l'année 495 avant l'ère vulgaire.
L'opposition du peuple obligea le consul Servilius Pris-
cus à tenter la voie de la conciliation ; durant la campagne contre les Volsques, les Sabins et les Auronces,
il suspendit par un édit les lois plus que sévères sur les
débiteurs, et par lequel il défendait de «retenir dans les
fers ou en prison aucun citoyen romain et de l'empê-
cher ainsi de se faire inscrire devant les consuls ; de
saisir ou de vendre les biens d'un soldat tant qu'il
serait à l'armée ; enfin d'arrêter ses enfants ou ses
petits-enfants ».

Mais, la campagne terminée, le prudent Servilius ne
put faire prévaloir ses vues de conciliation : son
collègue Appius Claudius appliqua avec la plus extrême
rigueur le jugement des débiteurs. En l'année 494 le
peuple exaspéré tint des assemblées secrètes sur les
monts Aventin et Esquilin. Le pouvoir voulut mettre
un terme à ces réunions populaires en employant l'ex-
pédient d'un enrôlement d'hommes pour une nouvelle
guerre. Mais le peuple resta encore une fois passif, et,
dans le but de lui ravir le soutien du droit d'appel, on
nomma dictateur M. Valerius Volusus, frère du populaire Publicola. Valerius ne fit point usage de son pou-

voir absolu : ainsi que Servilius, il rassembla une armée au moyen d'un édit. Mais lui aussi ne put réaliser ses plans de réforme après la fin de la guerre; cependant il pourvut à un certain nombre de plébéiens en les établissant dans une colonie à Vélitres au sud-est et non loin de Rome. Toutefois comme le dictateur ne voulut pas être l'instrument d'une politique qu'il n'acceptait pas, il se démit de sa fonction. Alors les consuls Virginius et Véturius rentrèrent en charge et se jetèrent de nouveau dans l'illégalité : ils prétendent que les soldats sont liés par leur serment entre les mains des consuls et ils veulent les maintenir dans le service militaire, quoiqu'il n'y eût point de guerre. On conçoit facilement que les plébéiens si souvent trompés, répondirent à l'illégalité des consuls par une autre illégalité. Les plébéiens laissèrent retourner seuls les patriciens à Rome, et au nombre de dix-huit mille ils quittèrent le territoire de la ville pour aller camper sur une petite montagne fertile située à environ trois mille pas de Rome, et non loin de Crustumerie; cette montagne fut nommée dans la suite *mons sacer*, mont sacré.

Sur ces entrefaites les consuls Cominius et S. Cassius, nommés par le peuple resté dans Rome, entrèrent en fonctions. Les patriciens voyant qu'avec le petit nombre des clients qui leur étaient restés fidèles, ils ne pourraient point défendre l'État, avisèrent aux moyens d'amener une réconciliation. Cette réconciliation fut effectuée par l'entremise de Ménénius Agrippa placé à la tête d'une députation de dix sénateurs. La sécession avait nommé pour son chef Sicinius Bellutus : les plébéiens séparés eurent l'intelligence de prendre une attitude avantageuse dans les pourparlers qui eurent lieu, c'est-à-dire qu'ils se considérèrent déjà comme un peuple indépendant, pouvant disposer de lui-même et dicter les conditions de leur retour à Rome.

Ces conditions étaient les suivantes : amnistie pour les insurgés, remise des dettes du moment, institution de fonctionnaires plébéiens essentiellement destinés à protéger tout plébéien contre l'âpreté du pouvoir consulaire et qui, pour rendre cette protection active et efficace, devaient être sacrés et inviolables (*sacrosancti*).

Nous devons nous arrêter un instant à la forme dans laquelle ces conditions obtinrent force de loi, conditions dont la dernière surtout apportait une modifications essentielle et capitale à la constitution romaine, ainsi qu'un amoindrissement au pouvoir consulaire.

Il n'y a pas de doute que ces conditions furent posées et convenues dans une assemblée des plébéiens séparés, *secessio plebis;* sous ce rapport elles peuvent donc être considérées comme ayant constitué le *premier plébiscite*, arrêté, avis de la plebs. Les conditions formulées sur le mont Sacré furent acceptées par une députation munie des pleins pouvoirs des consuls et du sénat et par le sénat lui-même; toutefois elles ne furent légalisées que dans la seule forme du droit des gens, avec assistance de féciaux autorisés, auxquels appartenait sans doute Ménénius Agrippa et laquelle forme comportait enfin un traité (*fœdus*). Ce traité fut juré par tout le peuple, tant par celui qui avait fait sécession que par celui qui était resté dans Rome, surtout aussi par le sénat et les patriciens afin que ce *fœdus* restât pour l'avenir sans violation pour les descendants.

Les violateurs du traité et surtout ceux qui blesseraient un magistrat plébéien, afin de le sanctionner encore d'une autre manière, ces violateurs étaient voués aux dieux infernaux ou déclarés détestables.

Le lieu où le traité avait été conclu fut nommé *mons sacer* et le contenu ou la substance du traité fut appelé *lex sacrata*, tant pour le serment qu'on lui avait prêté que pour l'invocation des dieux en témoignage et l'exécration attachée au violateur, trois choses qui les constituaient en *sacrosancti*, inviolables.

L'admission forcée de cette loi sacrée avait créé un précédent capital dans la législation romaine : elle pouvait se développer, se modifier, et se perfectionner. Avec cette loi commence un mode nouveau de législation, d'une nature essentiellement différente qu'auparavant, autre que celui exercé par les comices par centuries et par curies, et cette nouvelle législation est celle par *plébiscites*.

La lutte du nouveau avec l'ancien principe forme une partie essentielle de l'antagonisme des partis politiques dans Rome, et cette lutte devait à la fin aboutir à la démocratie absolue. Pour bien comprendre cette lutte, il faut se souvenir que le droit de législation par les comices par centuries et par curies, resta théoriquement immuable et que, théoriquement parlant, les plébiscites n'avaient pas puissance législative; il s'agissait seulement si la plebs aurait le pouvoir de faire prévaloir ses arrêts, ainsi que cela lui avait réussi une fois.

Par la loi sacrée le peuple avait acquis un rang dans l'État; c'est ce que prouvent les fonctionnaires purement plébéiens que cette loi avait institués. Parmi eux, il faut nommer en premier lieu les tribuns du peuple, *tribuni plebis*. A cause des différentes acceptions données au mot tribun, il signifiait *représentant*. Comme les patriciens n'étaient point aptes à représenter le peuple, ils étaient exclus du tribunat.

Le tribun avait le droit de soustraire au pouvoir des consuls tout plébéien qui l'invoquait contre un acte de l'autorité consulaire. Afin d'avoir ce pouvoir il ne relevait pas de l'*imperium* des consuls, et il était regardé comme sacré. Son secours ne s'étendait qu'à une distance d'un mille autour du territoire de Rome : il en était de même de son appel.

Les tribuns avaient le *jus agendi cum plebe*, c'est-à-dire le droit de convoquer les assemblées de la plebs, *concilia plebis*, et d'y faire prendre des arrêtés, des *plébiscites* sur les affaires concernant le petit peuple.

On voit donc qu'à partir de la sécession au mont Sacré, le peuple conquit une large participation aux affaires publiques. Dès cette époque toute l'histoire de Rome dans l'avenir se meut autour de cette nouvelle organisation de l'État. Dès l'abolition de la royauté, le pouvoir législatif, la justice suprême et le choix des magistrats et fonctionnaires avaient été dans la main du peuple ; mais l'exécution de ces droits ou prérogatives était très-restreinte, par la raison que le peuple ne votait que par curies et par centuries. Dans les comices par curies l'influence des patriciens ou plutôt leur vote ou ceux de leur clients prédominait, quand bien même ils ne votaient pas seuls. Dans les comices par centuries tenus par le peuple en armes au champ de Mars, la fortune ou la richesse avait là majorité et la prérogative ; toutes les autres centuries suivaient dans le vote ordinairement celle qui avait été appelée à voter la première par le sort. Ces deux assemblées ne pouvaient avoir lieu sans le concours du sénat ; dans chacune un magistrat sénatorial présidait, et ces deux

assemblées étaient sous la puissance de l'augure qu
interprétait les signes ou qui les imaginait arbitraire-
ment.

Tout cela changea à partir de la sécession et du ré
gime plébiscitaire. On s'était assemblé sans augure sur
le mont Sacré; on devait s'assembler à l'avenir sans
auspices, sans présages, pour s'entendre particulièrement sur les affaires des plébéiens. Les tribuns obtinrent le droit de convoquer les assemblées tribuni-
tiennes où l'on ne votait que *par tête*, et en même
temps de sauvegarder les prérogatives des plébéiens au-
près du sénat. A l'origine, il n'y eut que deux tribuns
du peuple, mais, quelques années plus tard, le nombre
en fut porté à cinq, et dans la suite il y en eut même
dix.

Quand César eut saisi le pouvoir absolu, quand il
devint monarque, il se fit nommer tribun sans limites
de temps ni d'espace. Son exemple fut suivi par Au-
guste, en l'année 23 avant l'ère vulgaire.

Les droits du peuple se développèrent rapidement à
la suite de la loi sacrée; les tribuns prenant comme
point d'appui leur inviolabilité et l'importance qu'ils
surent donner au *jus auxilii*, par l'effet moral de la sécession ainsi que par le précédent de la loi sacrée, par
le *jus agendi cum plebe*, en d'autres termes, par la com-

pétence du droit d'assembler le peuple ou des comices tribunitiens, la démocratie arriva à s'asseoir à côté de l'élément monarchique et de l'élément aristocratique de la constitution romaine.

Le premier pas vers l'extension de ses droits fut le *plébiscitum Icilium*, le plébiscite du tribun Sp. Icilius, de l'année 492 avant l'ère vulgaire. Ce plébiscite déclarait comme violation faite à un représentant populaire, d'interrompre ou de contredire un tribun exposant son opinion devant le peuple. Quiconque l'oserait devait produire une caution qu'il s'engageait à acquitter, une amende fixée par le tribun; s'il se refusait de donner caution, il devait être mis à mort, et sa fortune revenait aux dieux. Dans des cas douteux, le peuple devait en décider.

Quand Rome eut chassé les rois, on substitua à leur place deux consuls. Il se trouva qu'on avait bien moins banni l'autorité royale de Rome que le nom de roi. Le gouvernement, composé des consuls et du sénat, n'avait que deux des trois éléments admis par les plus illustres publicistes de l'antiquité, le monarchique et l'aristocratique; il y manquait l'élément populaire ou démocratique, la multiplicité dans l'unité. L'insolence du patriciat souleva le peuple contre lui, et le premier, pour ne pas perdre toute sa puissance, fut forcé de lui en céder une partie.

C'est alors aussi que s'élevèrent et s'établirent les tribuns; avec eux et les plébiscites s'affermit la République, désormais composée des trois éléments dont nous avons parlé. La puissance du tribun était telle, que, pour peu qu'un seul tribun opposât son *veto* à tel ou tel decret du sénat, le sénat n'avait plus le droit de passer outre ni même de siéger ou de se réunir de quelque manière que ce fût. Le peuple était aussi maître de rejeter ou de sanctionner les lois, et, ce qui est bien plus, de décréter la guerre ou la paix.

Le tribun avait le droit d'accusation : il en fut usé trois ans après l'institution du tribunat, en l'année 263 de la fondation de Rome, an 491 avant l'ère vulgaire. Les Volsques venaient d'être vaincus; la jalousie, l'orgueil et la défiance s'élevèrent au sein des patriciens, sous les ordres de Caius Marcius, dit Coriolan. La cherté du grain, la ruse et la peur furent exploitées pour amener une réaction, qui échoua toutefois par l'action puissante et calme des tribuns. Marcius avait violé les lois sacrées; il fut accusé d'aspirer à la tyrannie. N'ayant point comparu au jour prescrit, le peuple le condamna par contumace, et Coriolan s'exila chez les Volsques.

En résumé, le peuple, la *plebs*, avait la prérogative de prescrire des ordonnances, des arrêts, par l'intermédiaire des tribuns nommés par lui, et, ces arrêts ayant reçu la compétence légale, la puissance populaire s'accrut en fait de plus en plus avec le temps. Ce n'étaient point les consuls ni le sénat qui consultaient le peuple dans les comices par tribus, mais c'était le peuple qui avait l'initiative de proposer et même de faire agréer ses désirs et ses opinions par le plébiscite.

Paris. — Imprimerie VIÉVILLE et CAPIOMONT, 6, rue des Poitevins.

CÉSAR

PAR

DANIEL RAMÉE

PARIS

LIBRAIRIE GÉNÉRALE, 72, BOULEVARD HAUSSMANN

1870

1 volume in-8 avec portrait. Prix : 6 fr.

CATALOGUE,

APRÈS CESSATION DE COMMERCE,

DES LIVRES

TRÈS-BIEN CONDITIONNÉS

DU CIT. SANTUS, LIBRAIRE,

DONT la Vente se fera le 17 Pluviôse an VIII, &
jours suivans, à cinq heures de relevée, dans la Salle
du Citoyen SYLVESTRE, rue des Bons-Enfans,
N°. 12.

A PARIS,

Chez GUILLAUME DE BURE l'aîné, Libraire de
la Bibliothèque nationale, rue Serpente, N°. 6.
Et chez le citoyen CHARIOT, Commissaire du Département
pour les ventes, rue J. J. Rousseau, maison Bullion.

AN VIII.

Les Livres seront exposés dans l'ordre qui suit:

Le 17 Pluviôse, an 8.

Théologie, les N.⁰ˢ 1 == 8.
Sciences & Arts.. 69 == 90.
Belles-Lettres.. 271==299.
Histoire...... 529==559.

Le 18.

Théologie...... 9 == 16.
Sciences & Arts.. 91==112.
Belles-Lettres. 300==328.
Histoire...... 560==590.

Le 19.

Sciences & Arts. 113==134.
Théologie..... 17 == 24.
Belles-Lettres.. 329==357.
Histoire...... 591==621.

Le 21.

Théologie..... 25 == 32.
Sciences & Arts. 135==156.
Belles-Lettres. 358==386.
Histoire...... 622==652.

Le 22.

Théologie..... 33 == 40.
Sciences & Arts 157==178.
Belles-Lettres.. 387==415.
Histoire...... 653==684.

Le 23.

Théologie..... 41 == 47.
Sciences & Arts. 179==201.
Belles-Lettres. 416==444.
Histoire...... 685==716.

Le 24.

Théologie.... 48 == 51.
Jurisprudence.. 52 == 54.
Sciences & Arts 202==224.
Belles-Lettres.. 445==472.
Histoire...... 717==748.

Le 25.

Jurisprudence... 55 == 61.
Sciences & Arts. 225==247.
Belles-Lettres.. 473==500.
Histoire...... 749==780.

Le 26.

Jurisprudence... 62 == 68.
Sciences & Arts. 248==270.
Belles-Lettres.. 501==528.
Histoire...... 781==811.

Les articles importans qui se trouveront dans le commencement de la vacation, seront vendus à la fin.

Montant des vacations

Première vacation . . . . 1586ᵗ . . . 13ˢ

Seconde . . . . 1388 . . . 14

Troisième . . . . 1331 . . . 15

Quatrième . . . . 952 . . . 2 . .

Cinquième . . . . 1989 . . . 6 . .

Sixième . . . . 1522 . . . 19 . .

Septième . . . . 1331 . . . 3 . .

Huitième . . . . 2330 . . . 17 . .

Neuvième . . . . 1668 . . . 19 . .
                                        ─────────────────
                                        14102ᵗ . . . 8ˢ

          Sur quoi déduire

Sur les livres revendus . . . . 38ᵗ . . 7 }
                                                  } . . . 615 . . . 7
Livres appartenant a mr. Philibert 577 }
                                        ─────────────────
il reste net . . . . 13487ᵗ . . . 1ˢ

CATALOGUE
DES LIVRES
TRÈS-BIEN CONDITIONNÉS
DU CIT. SANTUS, Libraire.

THÉOLOGIE.

1. Vetus Testamentum Hebraicum, cum variis lectionibus, Edidit B. Kennicott. *Oxonii*, 1776, *2 vol. in-fol. br.*
2. Sacro-Sancta quatuor Jesu-Christi Evangelia, arabicè et lat. *Romæ*, 1619, *in-fol. fig. v. b.*
3. Vetus Testamentum græcum, curâ Lamb. Bos. *Franeq.* 1709, *2 vol. in-4°. fig. v. b.*
4. Novum Testamentum, græcè. *Sedani, Jannon,* 1628, *in-24, m. viol.*
5. Novum Testamentum græcum, stud. Jo. Millii. *Oxonii,* 1707, *in-fol. v. b.*
6. Novum Testamentum græcum. *Glasguæ,* 1750, *in-8°. m. r. dent. l. r. Ch. Mag.*
7. Biblia Sacra vulgatæ editionis. *Coloniæ Agrippinæ,* 1639, *6 vol. in-24, m. viol.*
8. Bibliorum Sacrorum vulgatæ versionis editio. *Parisiis, Didot natu major,* 1785, *2 vol. in-4°. br. Pap. Vél.*
9. Novum Jesu-Christi Testamentum. *Parisiis, e Typog. Regiâ,* 1649, *2 vol. in-12, m. r. l. r.*
10. La Sainte-Bible, ornée de 300 figures gravées d'après les dessins de Marillier. *Paris, de Fer-de-Maison-Neuve,* 1789, *13 livraisons, in-4°. Gr. Pap.*
11. Le Nouveau Testament, en lat. & en fr. trad. par Sacy. *Paris, Saugrain,* 1793, *4 vol. in-8°. fig. m. r.*
12. Novum Testamentum Copticum, operâ Davidis Wilkins. *Oxonii,* 1716, *in-4°. v. m.*
13. Dissertationes criticæ de variis Bibliorum editionibus. *Londini,* 1684, *in-4°. m. r. l. r.*

A

14. Histoire du Vieux & du Nouveau Testament, par Royaumont. *Paris*, 1776, *in-8°. en feuilles.*

15. Histoires les plus remarquables de l'Ancien & du Nouveau Testament, gravées par Jean Luyken. *Amsterdam*, 1732, *in-fol. fig. v. éc.*

16. Discours Historiques sur la Bible, par Saurin. *La Haye*, 1728, 4 *vol. in-fol. fig. v. f.*
Cette partie ne contient que l'Ancien Testament.

17. Imagines Veteris ac Novi Testamenti a Raphaele Sanctio Urbinate in Vaticano expressæ. *Romæ*, 1674, *in-fol. oblong. v. b.*

18. Physica Sacra, Joa. Jac. Scheuchzeri. *August. Vindelicorum*, 1731, 4 *vol. in-fol. fig. v. f. d. s. t.*

19. Explication de plusieurs Textes difficiles de l'Écriture Sainte, par Dom Jacq. Martin. *Paris*, 1730, 2 *tom. rel. en* 1 *vol. in-4°. fig. v. m.*

20. Athan. Kircheri Turris Babel. *Amstel.* 1679, *in-fol. fig. v. b.*

21. Dictionnaire Historique de la Bible, par Calmet. *Paris*, 1730, 4 *vol. in-fol. fig. v. m.*

22. Heures Manuscrites sur Vélin avec Miniatures. *In-4°. m. r. dent.*
Cette paire d'Heures, très-bien conservée, contient 23 belles Miniatures, tant grandes que petites ; les lettres initiales sont rehaussées d'or avec diverses peintures. Chaque page est ornée de différens desseins aussi en or.

23. Prières & Instructions pour bien commencer la journée, par Sanadon. *Paris*, 1731, *in-12, maroq. violet.*

24. Novus Thesaurus Anecdotorum, stud. Edmundi Martene. *Parisiis*, 1717, 5 *vol. in-fol. v. b.*

25. Stephani Baluzii Miscellanea. *Parisiis*, 1678, 7 *vol. in-8°. v. m.*

26. S. Cæcilii Cypriani Opera, studio Henr. Dodwelli. *Amstel.* 1700, *in-fol. v. b.*

27. Les Confessions de Saint-Augustin, trad. en fr. par Arnauld d'Andilly. *Paris*, 1649, *in-12, m. n. l. r.*

28. Hincmari Archiepisc. Remensis Opera, curâ Jac. Sirmond. *Lut. Parif.* 1645, 2 *vol. in-fol. vél.*

29. Petri Abælardi & Heloisæ conjugis ejus Opera, *Parisiis*, 1616, *in-4°. v. f.*

Nᵒˢ 26 et 27. St. Lepsius et M. Caillaud

No 31. Dissertations. C. sac. bon mons.

No 36. Nicole. M. Caillard

No 40 Mystere. B
No 41. Traité de l'atheisme. B

No 45. Wagenseil. C. sac.

30. De Sanguine Christi libri quinque, auct. Fr. Collio. *Mediolani*, 1617, *in-4°. m. r.*

31. Differtationum Theologicarum Fafciculus, a Jo. H. Hottingero. *Heidelbergæ*, 1660, *in-4°. br.*

32. Collectio Judiciorum de novis Erroribus qui in Ecclefiâ profcripti funt & notati, ftudio Car. d'Argentré. *Lut. Par.* 1728, 3 *vol. in-fol. v. m.*

33. Sermons du Père Bourdaloue; favoir : l'Avent, le Carême, les Dominicales, les Myftères & les Panégyriques. *Paris, Rigaud*, 1707, 11 *vol. in-8°. m. bl. dent. l. r.*

34. Th. a Kempis de Imitatione Christi libri quatuor. *Lugd. Bat. apud Elzevirios, in-12, m. r.*

35. Libri quatuor de Imitatione Christi. *Parifiis, Didot junior*, 1788, *pet. in-fol. m. r. dent. tab. Pap. Vél.*

36. Effais de Morale, par Nicole. *Paris*, 1713, 13 *vol. in-12, m. r.*

37. Œuvres de Nicole. *Paris*, 1733, 22 *vol. in-12, m. viol.*

38. Pet. Dan. Huetii Demonftratio Evangelica. *Parifiis*, 1690, *in-fol. m. r.*

39. Fr. Alphonfi de Caftro adverfus omnes Hærefes libri XIV. *Parifiis*, 1534, *in-fol. m. r.*

40. Les Myftères du Chriftianifme approfondis & reconnus phyfiquement vrais. *Londres*, 1771, 2 *vol. in 8°. dem. rel.*

41. Traité de l'Athéifme & de la Superftition, traduit de Buddeus, par Philon. *Amfterdam*, 1740, *in-8°.*

42. Le Platonisme Dévoilé, par Souverain. *Cologne*, 1700, *in-8°. v. f.*

43. Difcours fur la Liberté de penfer, avec la Lettre d'un Médecin arabe, par Collins. *Londres*, 1714, *in-8°. v. f.*

44. Pantheifticon, five Formula celebrandæ Sodalitatis Socraticæ, auct. J. Tolando. *Cofmopoli*, 1720, *in-8°. v. f.*

45. J. C. Wagenfeilii Sota. Hoc eft liber Mifnichus de Uxore adulterii fufpectâ. *Altdorfi Noricorum*, 1674, *in-4°. vél.*

46. Had. Relandi Analecta Rabinica. *Traj. ad Rhenum*, 1723, *in-8°. v. f.*

47. Le Chou-King, un des Livres facrés des Chinois, qui renferme les fondemens de leur ancienne Hiftoire, recueilli par Confucius, et publié par M. de Guignes. *Paris*, 1770, *in-4°. fig. v. m.*

A 2

48. Le Bhaguat-Geeta, contenant un Précis de la Religion & de la Morale des Indiens, trad. par Parraud. *Paris*, 1787, *in-8°. br.*

49. Fides & Leges Mohammedis exhibitæ ex Alcorano, auct. Th. Hackspan. *Altdorfi*, 1646, *in-4°. v. b.*

50. Animadversiones Philologicæ in nonnulla Corani loca, edidit R. Ant. Vieyra. *Dublinii*, 1785, *in 4°. br.*

51. Testamentum, id est Fœdus inter Mohammedem & Christianæ Religionis Populos initum, ante mille & quinquaginta circiter annos, &c. arab. & lat. operâ Jo. G. Nisselii. *Lugd. Bat.* 1661, *in-4°. br.*

J U R I S P R U D E N C E.

52. Taxe de la Chancellerie Romaine, ou la Banque du Pape. *Rome*, 1744, *in-12, v. f.*

53. Traité de la Dissolution du Mariage pour cause d'impuissance. *Luxembourg*, 1735, *in-8°. v. b.*

54. Jac. Molleri Discursus de Cornutis & Hermaphroditis, eorumque jure. *Berolini*, 1708, *in-4°. v. b.*

55. Capitularia Regum Francorum, curante Pet. de Chiniac. *Parisiis*, 1780, 2 *vol. in-fol. v. m.*

56. Constitutiones Ordinis Velleris Aurei. *In-4°. vél.* Impressum in Membranis.

57. Traité philosophique des Loix naturelles, trad. de Rich. Cumberland, par J. Barbeyrac. *Amst.* 1744, *in-4°. v. m.*

58. Fœdera, Conventiones, Litteræ & Acta publica inter Reges Angliæ & alios quosvis Imperatores, Reges, &c. accurante Th. Rymer. *Hagæ Comitis*, 1745, 10 *vol. in-fol. v. m.*

59. Actes & Mémoires des Négociations de la paix de Ryswick. *La Haye*, 1699, 5 *vol. in-12.*

60. Actes, Mémoires & autres Pièces authentiques concernant la paix d'Utrecht. *Utrecht*, 1714, 7 *vol. in-12.*

61. Recueil historique d'Actes, Négociations, Mémoires & Traités, depuis la paix d'Utrecht jusqu'au Congrès de Cambray, par Rousset. *La Haye*, 1728, 25 *vol. in-12, v. m. f.*

62. Observations sur un livre intitulé : *De l'Esprit des Loix*, par M. Dupin. 3 *vol. in-8°. v. m.*

N° 50. animadversiones. B. L. Sec. X

N° 51. Testamentum. C. Sal.

Une note qui est à la tête du premier volume annonce qu'il n'y a eu que douze exemplaires de distribués de cet ouvrage.

63. L'Alambic des Lois & l'Ami des François, par Rouillé. 1783, 2 vol. in-8°. br.

64. Ordonnances des Rois de France, pub. par M. de Lauriere. *Paris, Impr. Roy.* 1723, 15 vol. in-fol. v. m. fil.

65. Constitution Françoise présentée au Roi, le 3 Septembre 1791. *Paris, Didot jeune,* 1791, *grand in-8°. en feuilles.*
Imprimé sur Vélin.

66. Nouveau Coutumier général, par Richebourg. *Paris,* 1724, 4 vol. in-fol. v. m.

67. Les Plaidoyers de Le Maistre & de Gillet. *Paris,* 1671, 3 vol. in-4°. v. f.

68. La Procédure civile du Châtelet de Paris, par Pigeau. *Paris,* 1787, 2 vol. in-4°. v. m.

SCIENCES ET ARTS.

69. Jac. Bruckeri Historia Critica Philosophiæ. *Lipsiæ,* 1767, 6 vol. in-4°. v. éc. fil.

70. Histoire Critique de la Philosophie, par Deslandes. *Amsterdam,* 1737, 4 vol. in-12, v. m. Gr. Pap.

71. Specimen Doctrinæ Veterum Sinarum Moralis & Politicæ, auctore Bulffingero. *Francofurti,* 1724, in-12.

72. Les Œuvres de Confucius, en chinois. *Imprimées à la Chine,* 10 vol. in-8°. *relieure du pays.*
Tous les livres imprimés à la Chine sont fort rares.

73. Confucius Sinarum Philosophus, sive Scientia Sinensis lat. exposita. *Parisiis,* 1687, in-fol. m. r.

74. Yu le Grand & Confucius, histoire chinoise, par M. Clerc. *Soissons,* 1769, in-4°. v. m.

75. Histoire des Causes premières, ou Exposition sommaire des Pensées des philosophes sur les Principes des êtres, par Batteux. *Paris,* 1769, *in-8°. en feuilles.* — Ocellus Lucanus & Timée de Locres, de la Nature de l'Univers, en grec & en franç. par le même. *Paris,* 1768, in-8°. en feuilles. Gr. Pap.

76. Timée de Locres, Ocellus Lucanus, & Défense du

paganisme par l'empereur Julien, en grec & en françois, trad. par le marquis d'Argens. *Berlin*, 1763, 3 *vol.
in-12, dem. rel.*

77. Plan théologique du Pythagorisme, par le P. Mourgues.
Paris, 1712, 2 *vol. in-8°. v. b.*

78. Platonis opera, a Marsilio Ficino Translata. *Lugduni*,
1550, 5 *vol. in-18. m. viol. l. r.* Très-joli exemp.

79. Parmenides sive de Ideis, & uno rerum omnium prin-
cipio, Platonis dialogus, gr. & lat. *Oxonii, è theat.
Sheldoniano*, 1728, *in-8°. m. r.* Ch. Mag.

80. Æschinis Socratici Dialogi tres, græcè, ex recens.
Jo. Frid. Fischeri. *Lipsiæ*, 1766, *in-8°. vél.*

81. Aristotelis Opera omnia, gr. & lat. stud. G. Duval,
Parisiis, Typ. Reg. 1629, 2 *vol. in-fol. v. b.*

82. Sexti Empirici Opera, gr. & lat. cum notis J. Alb.
Fabricii. *Lipsiæ*, 1718, *in-fol. br. en cart.*

83. Les Hipotiposes, ou Institutions pyrrhoniennes de Sextus
Empiricus, traduites du grec, par Huart. 1735, *in-12,
v. f. f.*

84. Lucii Annæi Senecæ Cordubensis Opera quæ extant
omnia. *Neapoli, Moravus*, 1475, *in-fol. m. r.*
Editio princeps & rara.

85. Luc. Annæi Senecæ & M. Annæi Senecæ Opera.
Amsterodami, 1628, *in-12, m. r. l. r.*

86. L. Annæi Senecæ Philosophi Opera omnia. *Amstel.
apud Elzevirios*, 1659, 4 *vol. in-12, v. f.*

87. La Morale d'Epicure, tirée de ses propres écrits, par
Batteux. *Paris*, 1757, *in-12, v. f. d. f. t.*

88. Les Caractères de Théophraste & de la Bruyere, avec
les notes de Coste. *Paris*, 1765, *in-4°. v. éc. fil. d. f. t.*

89. Les Morales d'Epictete, de Socrate, de Plutarque &
de Séneque. *Au Château de Richelieu*, 1653, *in-12,
m. r. dent.*

90. Le Manuel d'Epictete, & les Commentaires de Sim-
plicius, traduits en françois par Dacier. *Paris*, 1776,
2 *vol. in-12.*

91. Musladini Sadi Rosarium Politicum, persicè & lat.
stud. Georg. Gentii. *Amstel.* 1651, *in-fol. vél.*
Il manque les notes.

No 84 Seneca. Cit. Benb. amo.tt

92. Boetius de Consolatione Philosophiæ, cum notis Joan Callyi, in usum Delph. *Lut. Par.* 1680, *in* 4°. *baf.* 5 19

93. Maximes & Réflexions morales du duc de la Rochefoucault. *Paris, Impr. Royale,* 1778, *in*-8°. *m. r. dent. tab.* Avec le portrait. 9 19

94. Maximes & Réflexions morales du duc de la Rochefoucault. *Paris, de l'Imprimerie de Monfieur,* 1779, *in*-18, *m. r.* 3 .... 4 ..

95. Cours de Morale, fondée fur la nature de l'homme, par M. P. *Londres,* 1789, 2 *vol. in*-8°. *en feuilles.* 2 ....

96. Diverfités morales, par l'abbé Brueys. *Paris, Didot l'aîné,* 1782, *in*-18, *m. bl.* 2 ....

97. Effai fur le Mérite & la Vertu, par Diderot. *Amft.* 1745, *in*-12, *fig. v. éc.* 1 ....

98. De la Sageffe, par P. Charron. *Leide, chez les Elzeviers,* 1646, *in*-12, *v. b. l. r.* 4 .... 19 ..

99. De la Sageffe, par P. Charron. *Leide, Jean Elzevier, in*-12, *m. r.* 9 ....

100. Characterifticks of Men, Manners, &c. by Antony, Earl of Shafftesbury. *Birmingham, Baskerville,* 1773, 3 *vol. in*-8°. *v. racine.* 18 .... 4 ....

101. Confidérations fur les Mœurs de ce Siècle, par Duclos. *Paris,* 1764, *in*-12, *v. f. Pap. Fort.* 3 .... 18 ..

102. Les Mœurs, par Touffaint. 1748, *in*-12, *m. r.* 2 .... 19 ..

103. Effai d'Education nationale, ou Plan d'Etudes, par de la Chalotais. 1763, *in*-12, *m. r. Pap. d'Hollande.* 2 .... 8 ..

104. Les Veillées du Château, ou Cours de Morale, par madame de Genlis. *Maeft.* 1789, 3 *vol. in*-12, *en feuilles.* 4 .... 5 ..

105. Ouvrages politiques de l'abbé de S.-Pierre, *Rotterdam,* 1738, 18 *vol. in*-12 & *in*-4°.

106. Difcours fur la Polyfynodie, par l'abbé de S.-Pierre. *Londres,* 1718. — Projet de Taille tarifée, par le même. *Paris,* 1723, *in*-4°. *v. m.* } 31 2

107. Maximes d'Etat, ou Teftament Politique du cardinal de Richelieu. *Paris,* 1764, 2 *vol. in*-8°. *v. éc.* 5 .... 1 ..

108. La Science du Gouvernement, par de Réal. *Aix-la-Chapelle,* 8 *vol. in*-4°. *v. m.* 28 ... 14 ..

109. Phyfiocratie, ou Conftitution naturelle du gouvernment le plus avantageux au genre humain, par Dupont. 2 ....

93. Double - . . . . 6 ....

95. Double. 6 Exemplaires . . . . 3 .... 1 ..

Paris, 1768, in-8°. v. éc. — Observations sur le Mahométisme. 1751, in-8°. v. m.

110. De l'Impôt territorial, combiné avec les Principes de l'administration de Sully & Colbert, par Lameryille. Strasbourg, 1788, in-4°. broché.

111. L'Ami des Hommes, par Mirabeau. 1758, 5 vol. in-4°. v. m.

112. Vindiciæ contra Tyrannos, Steph. Junio Bruto auct. Francofurti, 1608, in-12, m. r.

113. De la Puissance légitime du Prince sur le Peuple & du Peuple sur le Prince. 1581, in-8°. v. m.

114. Observations d'un Voyageur Anglais, sur la Maison de force appelée Bicêtre, (par Mirabeau aîné). 1788, in-8°. broché.

115. L'Ambassadeur & ses Fonctions, par de Vicquefort. Amst. 1730, 3 vol. in 4°. v. m.

116. Mémoires & Instructions pour les ambassadeurs, ou Lettres & Négociations de Walsingham. Amst. 1700, in-4°. v. b.

117. Prospectus d'un nouveau Dictionnaire de Commerce, par Morellet. Paris, 1769, in-8°. br.

118. Les Intérêts des nations de l'Europe développés relativement au Commerce. Paris, 1766, 2 vol. in-4°. v. m.

119. Théorie & Pratique du Commerce & de la Marine, trad. de D. Geron. de Ustariz. Paris, 1753, in-4°. v. m.

120. Pratique universelle des Sciences les plus nécessaires dans le Commerce & à la Vie civile, par Nic. Duval. Paris, 1725, in-fol. fig. v. m. Gr. Pap.

121. Abrégé de l'Histoire des Compagnies de Commerce, établies en France depuis l'année 1626, par Dernis. 1646, in-fol. v. m. manuscrit sur papier.

122. Régie méthodique, ou la Comptabilité du Régisseur réduite à ses vrais principes. Paris, 1787, in-fol. fig. v. m.

123. Essai sur les Monnoies, par Dupré de St.-Maur. Paris, 1746, in-4°. v. m.

124. Introduction à la Connoissance de l'Esprit humain, par Vauvenargues. Paris, 1746, in-12.

125. Traité Historique & Critique des principaux Signes qui servent à manifester les pensées, par Alph. Costadeau. Lyon, 1720, 12 vol. in-12, fig. v. br.

126.

No 114. Observations. B

No 135. L'ambassadeur. Tilliard. 21.

No 122. Regis. B

N° 127. Essays. B

N° 129 - essai - and.
N° 130. la Philosophie, and.

N° 138. de la nature. and.

126. De l'Esprit, par Helvétius. *Paris*, 1758, *in-4°. v. m.* — 3 ... 5 ..

127. Essays on the intellectual Powers of man, by Th. Reid. *Edinburgh*, 1785, *in-4°. v. m.* — — — — . 17 ....

128. H. Rorarii quod animalia bruta ratione utantur melius homine, libri duo. *Amstel.* 1654, *in-12, v. br.* — — .. 1 ....

129. Essai sur les Erreurs populaires, par Brown, trad. de l'angl. *Amst.* 1733, 2 *vol. in-12.* — — — 4 ... 1 ..

130. La Philosophie occulte de H. Corn. Agrippa, trad. du latin. *La Haye*, 1727, 2 *vol. in-8°. fig. v. m.* . . 15 ... 19 D

131. A true & faithful Relation of what passed for many years between D^r. John Dee and some Spirits, by Meric Casaubon. *London*, 1659, *in-fol. fig. m. verd.* Très-Rare. 30 ... 10 D

132. Le Monde enchanté, par Balth. Bekker. *Amst.* 1694, 5 *vol. in-12, v. f.* — — — — 4 ... 16 ..

133. Traité physique & historique de l'Aurore Boréale, par de Mairan. *Paris*, *Imprim. Roy.* 1754, *in-4°. fig. v. m.* . 4 ... 19 ..

134. Recherches sur les Volcans éteints du Vivarais & du Vélay, par Faujas de St.-Fond. *Paris*, 1778, *in-fol. fig. veau fauve.* — — — — — . 14 ... 19 ..

135. The History and present State of Electricity, with original Experiments, by Jos. Priestley. *London*, 1775, *in-4°. fig. v. m.* — — — — .. 12 ....

136. C. Plinii Secundi Historiæ Naturalis, libri XXXVII, cum notis Harduini. *Paris.* 1723, 3 *vol. in-fol. fig. v. br.* . 34 ... 12 ..

137. Histoire Naturelle de Pline, trad. par Poinsinet. *Paris*, 1776, *in-4°. v. m.* — — — — . 3 ....
     Les tomes 8 & 12.

138. De la Nature, par Robinet. *Amst.* 1761, 5 *vol. in-8°. v. éc. fil.* — — — — . 18 .... D

139. Athan. Kircheri Mundus Subterraneus. *Amstel.* 1678, 2 *tom. en 1 vol. in-fol. fig. v. b.* — — .. 8 ... 19 ..

140. G. Agricola de Re Metallicâ. *Basileæ*, 1621, *in-fol. fig. v. b.* — — — — 2 ... 19 ..

141. Œuvres de Bernard Palissy. *Paris*, 1777, *in-4°. v. éc.* . 5 ...

142. Mich. Mercati Metallotheca. *Romæ*, 1717, *in-fol. fig. v. f.* il manque l'appendix . . 4 ... 12 ..

143. L'Histoire Naturelle, éclaircie dans une de ses Parties principales, la Lythologie & la Conchyliologie, augmentée de la Zoomorphose, par d'Argenville. *Paris*, 1742, 2 *vol. gr. in-4°. fig. v. m.* — — — .. 9 ... 19 ..

B

138. Double . . . . 12 ....

144. L'Oryctologie, qui traite des Terres, des Pierres, des Métaux, des Mineraux & autres Fossiles, par d'Argenville. *Paris*, 1755, *gr. in-4°. fig. v. m.*

145. Athanasii Kircheri Magnes, sive de Arte Magneticâ. *Coloniæ Agrip.* 1643, *in-4°. fig. vél.*

146. Des Pierres précieuses & des Pierres fines, par Dutens. *Paris, Didot l'aîné*, 1776, *in-18 . m. r.*

147. Traités des Rivières & des Torrens, trad. du P. Frisi. *Paris, Imp. Roy.* 1774, *in-4°. v. m.*

148. Rei Agrariæ auctores Legesque variæ, curâ Wilel. Goesii. *Amstelodami*, 1674, *in-4°. v. f.*

149. Traité-Pratique de la Conservation des Grains & des Farines, par Bucquet. *Paris*, 1783 , *in-8°. fig. br.*

150. Théorie de l'Art des Jardins, par C. C. L. Hirschfeld, trad. de l'allemand. *Leipzig*, 1779, 5 *vol. in-4°. fig. br.*

151. Nat. Jos. de Necker Elementa Botanica. *Neovedæ*, 1790, 3 *vol. in-8°. fig. br.*

152. Familles des Plantes, par M. Adanson. *Paris*, 1763, 2 *vol. in-8°*

153. Phytonomatotechnie universelle, c'est-à-dire, l'Art de donner aux Plantes des noms tirés de leurs caractères, par Bergeret. *Paris*, 1784, *in-fol. v. éc. fig. col.* Le tom. 2.

154. Pet. And. Mathioli Commentarii in libros Dioscoridis de Medicâ Materiâ. *Venetiis*, 1565, *in-fol. fig. m. r.*

155. Le Jardin de Santé, translaté de latin en françois. *Paris, Antoine Verard, in-fol. fig. rel. en bois, l. r. goth.*

156. Traité des Arbres & Arbustes, par Duhamel du Monceau. *Paris*, 1755, *in-4°. fig. v. m.* Le tom. 1.

157. Traité des Arbres Fruitiers, par Duhamel du Monceau. *Paris*, 1768, 2 *vol. gr. in-4°. fig. v. m.*

158. Recueil de Fleurs & Plantes très-bien peintes sur papier, avec leurs noms manuscrits. 2 *gros volumes in-fol. v. b.*

159. Crocologia, seu curiosa Croci Regis Vegetabilium Enucleatio, auct. Dan. Ferd. Hertodt. *Jenæ*, 1671, *in-12, fig.* = Opus Mirificum sextæ diei, id est Homo, auct. eodem. *Jenæ*, 1671, *in-12.* = Tractatus de

N° 146. Disse[illegible] p[illegible]. M. caillard

sanguine Uvæ, ejusque naturâ & usu, auct. Tob. Whitakero. *Hagæ Com.* 1655, *in-12, v. b.*

160. Historia Amaranthorum, auct. Car. Lud. Willdenow. *Turici,* 1790, *in-fol. fig. non rel.* - - - 12 2

161. Plantæ per Galliam, Hispaniam & Italiam observatæ, auct. Jac. Barelliero. *Paris.* 1714, *in-fol. fig. v. m.* 13 . . . 19.

162. Description des Plantes de l'Amérique, par le P. Plumier. *Paris, Imp. Roy.* 1693, *in-fol. fig. v. m.* 19 . . . .

163. Histoire des Plantes de la Guiane Françoise, rangées suivant la Méthode sexuelle, ornée de près de quatre cents planches en taille douce, par Fusée Aublet. *Paris, Didot jeune,* 1785, 4 *vol. in-4°. Gr. Pap. en feuilles.* 33 . . . .

164. Hortus Eystettensis, sive Diligens & accurata omnium Plantarum, Florum, Stirpium, ex variis orbis terræ partibus singulari studio collectarum descriptio, curis B. Besleri. 1713, 3 *vol. gr. in-fol. fig. brochés en carton.* - 57 . . . 1 . . . .

165. Horti Medici Amstelodamensis rariorum Plantarum Descriptio & Icones, auct. Jo. Commelino. *Amstelod.* 1697, 2 *tom. rel. en* 1 *vol. in-fol v. b.* - - - 40 . . . 1.

166. Le Regne Animal, par Brisson. *Paris,* 1756, *in-4°. fig. v. m.* 2 . . . 17 . .

167. Histoire des Animaux d'Aristote, avec la traduction françoise, par le citoyen Camus. *Paris,* 1783, 2 *vol. in-4°. v. éc.* - - - 22 . .

168. Christ. Franc. Paullini Lagographia, seu Leporis Descriptio. *Augustæ Vindelic.* 1691, *in-12, v. b.* — Ejusdem Lycographia, seu de naturâ & usu Lupi Libellus Physico-Histor. Medicus. *Francf. ad Mœnum,* 1694, *in-12, v. b.* 3 . . . .

169. Th. Bartholini de Unicornu Observationes Novæ. *Amstel.* 1678, *in-12, fig. v. f.* - - - 1 . . . 9 . .

170. Salamandrologia, hoc est Descriptio Salamandræ, stud. J. P. Wurffbainii. *Norimb.* 1683, *in-4°. fig. v. f.* 2 . . . .

171. L'Ornithologie qui traite des Oiseaux de terre, de mer & de rivière, &c. par Salerne. *Paris, De Bure père,* 1767, *in-4°, m. r. fig. col.* - - 40 . . . 1 . .

172. Essai sur l'Histoire Naturelle des Corallines, par Ellis. *La Haye,* 1756, *in-4°. fig. v. m.* - - 2 . . . .

173. Essai sur l'Histoire Naturelle des Corallines & d'autres Productions marines, par J. Ellis. *La Haye,* 1756, 3 . . . .

in-4°. br. ═ Essai sur l'Hist. Naturelle de la Mer Adriatique, par V. Donati. *La Haye*, 1758, *in-4°. fig. br.*

174. Histoire Naturelle du Sénégal, Coquillages, par Adanson. *Paris*, 1757, *in-4°. fig. v. m.*

175. Mémoires pour servir à l'Histoire des Insectes, par de Reaumur. *Paris, Imp. Royale*, 1734, 6 vol. *in-4°. fig. v. m.*

Anciennes Epreuves.

176. Histoire Naturelle des Abeilles, par Bazin. *Paris*, 1744, 2 *vol. in-12, fig.* ═ Abrégé de l'Histoire des Insectes, pour servir de suite à l'Hist. des Abeilles, par le même. *Paris*, 1748, 4 *vol. in-12, fig.*

177. Dissertation sur la Génération & la Transformation des Insectes de Surinam, par Marie Sibille Merian. *La Haye*, 1726, *in-fol. v. b fig. col.* ═ Histoire des Insectes de l'Europe, par la même. *Amsterdam*, 1730, *in-fol. v. m.*

Exemplaire anciennement colorié, beaucoup plus beau & plus recherché que les nouveaux.

178. Voyage dans les Alpes, par Saussure. *Genève*, 1786, *in-8°. tomes* 3 *&* 4 *en feuilles.*

Les Figures manquent.

179. Voyage dans les Alpes, par de Saussure. *Paris*, 1786, *in-8°. fig. br. tom.* 3. *& 4.*

180. Marcelli Malpighii Philos. & Medici Bonon. Opera omnia. *Londini*, 1686, *in fol. fig. v. m.*

181. Caroli a Linné, Amœnitates Academicæ, seu Dissertationes variæ Physicæ, Medicæ, &c. *Erlangæ*, 1787, 10 *vol. in-8°.*

182. Les Occultes, Merveilles & Secrets de Nature, par Levin Lemne. *Paris, Galliot du Pré*, 1574, *in-8°. v. m.*

183. Catalogues raisonnés des Bijoux, Curiosités de Messieurs Angran de Fonpertuis, de la Roque & autres, par Gersaint. *Paris*, 1747, 3 *vol. in-12, v. m.*

184. Catalogue raisonné des Curiosités de la Nature & de l'Art, du cabinet de M. Davila, par de Romé de l'Isle. *Paris*, 1767, 3 *vol. in-8°. vél. avec les prix.*

185. Dictionnaire universel de Médecine, trad. de l'anglois de James, par Diderot. *Paris*, 1746, 6 *volumes in-fol. v. m.*

N° 177. insectes de Mérian. ;M. Caillard En Bens. asso^t

N° 182. les occult. B. and.

No 193 . cuisinière . M . Caillard

No 201. Euclides . K . Gr . po.

186. Medicæ Artis Principes post Hippocratem & Galenum. *Excudebat Henr. Stephan.* 1566, 2 *vol. in-fol. m. r.* .   51 .... 19.

187. Magistri Arnoldi de Villanova Opus Præclarum. *Lugduni*, 1514, *in-fol. v. b.*
188. Ars Sanctorii Sanctorii de Statica Medicina. *Lugd. Bat.* 1713, *in-12, v. f.*   2 .... 1.

189. Essai Physique sur l'Économie animale, par Quesnay. *Paris*, 1747, 3 *vol. in-12.* .   4 .... 2.

190. Dissertation sur la Variété des Physionomies des Hommes, &c. trad. de Camper, par Jansen. *Paris*, 1792, *in-4°. fig. br.*   4 .... 13.

191. Observations on the Structure and Fonctions of the nervous System, by Alex. Monro. *Edimb.* 1783, *in-fol. fig. br. en cart.*   20 .... 2.

192. Physiologia Crepitus Ventris & Risus recognita & explanara a Rod. Goclenio. *Francof.* 1607, *in-8°. v. f.*   3 .... 2.

193. La Cuisinière Bourgeoise, suivie de l'Office. *Paris*, 1786, *in-12, en feuilles.*   1 .... D

194. Nic. Pisonis de cognoscendis & curandis Humani Corporis morbis libri tres. *Lugd. Bat.* 1736, 2 *vol. in-4°. v. b.* — Ejusdem Observationes & Consilia. *Lugd. Bat.* 1733, *in-4°. v. m.*   6 .... 5.

195. Chirurgie de Lanfranc. *In-fol. v. b.*   8 .... 19.
    MSS. sur papier & sur vélin, écrit en 1449 par Jehan Gallant.

196. Anatomia Corporum Humanorum, aucta a Guill. Cowper, curante G. Dundass. *Lugd. Bat.* 1739, *in-fol. fig. v. m. Ch. Mag.*   29 .... 2.

197. Disputationes Anatomicæ selectæ, collegit Alb. Haller. *Gottingæ*, 1750, 7 *vol. in-4°. v. m.*   15 .... 10.

198. Theatrum Chemicum. *Argent.* 1659, 6 *vol. in-8°. v. b.*   6

199. Histoire de la Philosophie Hermétique. *Paris*, 1744, 3 *vol. in-12, v. m.*   5 ....

200. Bibliothèque des Philosophes alchymiques ou hermétiques. *Paris*, 1756, 4 *vol. in-12.*   12 .... 2.

201. Euclidis Elementa, Arabicè. *In-fol. vél.*   16 .... 19 D

202. Nouveau Cours de Mathématiques, par Belidor. *Paris*, 1725, *in-4°. v. m.*   3 .... 16.

203. Traité analytique des Sections coniques, par l'Hospital. *Paris*, 1720, *in-4°. v. m.*   2 .... 12.

N° 190. Double —   4 .... 19.

N° 193. Double. 3 exemplaires. 3 ...

204. Essai sur les Probabilités de la durée de la Vie Humaine, par Deparcieux. *Paris*, 1746, *in-4°. v. m.*

205. Essai d'analyse sur les Jeux de hasard, par de Montmort. *Paris*, 1713, *in-4°. v. f. fil.*

206. Essai sur la Théorie des Satellites de Jupiter, par Bailly. *Paris*, 1766, *in-4°. v. m.*

207. Mirabilis Liber qui Prophetias, Revelationes que, nec non res mirandas, præteritas, præsentes & futuras apertè demonstrat. *Sine anno, in-12.* Rarus.

208. Les Vrayes Centuries & Propheties de Nostradamus. *Amsterdam*, 1667, *in-12, v. f.*

209. Traité de Navigation, par MM. Filliol, professeur d'hydrographie & premier pilote sur les vaisseaux du Roi. *Agde*, 1739, *in-fol. bas.* MS. sur papier avec figures. — Traité sur la Marine, & Pièces sur la Marine. 2 *vol. in-fol. m. r.* MS. sur papier.

210. L'Art des Armées Navales, par le P. Hoste. *Lyon*, 1697, *in-fol. fig. v. b.*

211. Évolutions navales & Signaux de M. le maréchal de Tourville, vice-amiral de France. 1743, *in-fol. obl. v. b.* MSS. sur papier avec les figures coloriées.

212. La Manœuvre des vaisseaux, par Bouguer. *Paris*, 1757, *in-4°. fig. br.*

213. Vocabulaire des Termes de marine, anglois & franç. *Paris, Impr. Roy.* 1787, *in-4°. v. f.*

214. Athan. Kircheri Ars magna Lucis & Umbræ. *Amstel.* 1671, *in-fol. fig. v. b.*

215. Traité d'Optique. *In-fol. fig. br.* MS. sur papier.

216. La Science des canaux navigables, par de Fer de la Nouerre. *Paris*, 1786, 3 *vol. in-8°. br.*

217. Machines & Inventions approuvées par l'Académie Royale des Sciences, publiées par Gallon. *Paris*, 1777, 4 *vol. in-fol. fig. en feuilles.*

218. Traité sur la Construction des moulins en hollandois, par J. Punt. *Amsterdam*, 1734, 2 *tom. en 1 vol. in-fol. fig. Ch. Max.* — Architectura Mechanica, en hollandois, par P. Linperch. *Amsterdam*, 1727, *in-fol. fig. br. en cart. Ch. Max.*

219. Description & Usage du Cercle de Réflexion, avec

No 226. Lettre. B.

différentes méthodes pour calculer les Observations nautiques, par le chevalier de Borda. *Paris, Didot l'aîné,* 1787, in-4°. *fig. br.*

220. Athan. Kircheri Musurgia universalis. *Romæ,* 1650, 2 vol. in-fol. *fig. v. b.*   6

221. Essai sur la Musique ancienne & moderne, par de la Borde. *Paris,* 1780, 4 vol. *in-4°. fig. v. f.*   26

222. De l'Origine des Lois, des Arts & des Sciences, & de leurs progrès chez les anciens peuples, par Goguette. *Paris,* 1758, 3 vol. *in-4°. fig. v. m.*   17 ... 1.

223. Lettres sur les Sciences & sur l'Atlantide de Platon, par M. Bailly. *Paris,* 1777, 2 tom. en 1 vol. in-8°. *v. m.*   5 ... 19

224. Collection des Arts & Métiers. 21 *vol. in-fol. fig. rel. en cart.*   96

225. Recueil de Planches sur les Sciences & les Arts libéraux, formant le tome XI des Planches de l'Encyclopédie. *In-fol. v. m.*   5 ... 8.

226. Lettres sur l'Encyclopédie, pour servir de supplément aux sept volumes de ce Dictionnaire, par l'abbé Saas. *Amsterdam,* 1764, in-8°. *v. f.*   2 ... 3

227. Athan. Kircheri Ars magna Sciendi. *Amstel.* 1669, *in-fol. m. r.*   3

228. Manuel Typographique, par Fournier, le jeune. *Paris, Barbou,* 1764, 2 vol. in-8°. *fig. v. f.*   11

229. Epreuves des Caractères de J. Enschedé. 1768, in-8°. *veau marbré.*   *Retiré*

230. Recueil d'Estampes d'après Annibal Carrache, le Poussin, le Sueur, &c. dont le Testament d'Eudamidas, Alexandre malade, &c. *in-fol. v. m.*   40
    Bonnes épreuves.

231. La Galerie du Palais Royal, gravée d'après les tableaux des différentes Ecoles qui la composent. *Paris, Couché,* 1786, 19 *livraisons in-fol.*   81
    Superbe exemplaire avec les figures avant la lettre.

232. Les peintures de Charles le Brun & d'Eustache le Sueur, qui sont dans l'hôtel du président Lambert. *Paris,* 1740, *in-fol. v. m.*   30

233. La Grande Galerie de Versailles, & les deux Salons qui l'accompagnent, peints par Charles Lebrun, & dessinés par J. B. Massé. *Paris, Imp. Roy.* 1752, in-fol. *Max. v. m.*   72

222. *Double*   15 ... 1.

234. The Works of M. Hogarth Moralized. *London*, in-8°. *fig. dem. rel.*

235. Figures gravées d'après les dessins de Ch. Monnet, par J. B. Tilliard, pour les Aventures de Télémaque. *in-4°.*

236. Recueil d'Estampes pour l'édition de Voltaire en 52 vol. in-8°. *en feuilles.*

237. Varie Vedute di Roma antica e moderna, disegnate e intagliate da celebri Autori. *In Roma*, 1740, 1 *vol. oblong, fig.*

238. Sculpturæ veteris Admiranda, sive Delineatio vera perfectissimarum Statuarum, &c. a Joach. de Sandrart. *Norimbergæ*, 1680, *in-fol. v. b. fig.*

239. Dictionnaire d'architecture, par Roland le Virloys. *Paris*, 1770, 3 *vol. in-4°. fig. v. m.*

240. Les dix Livres d'Architecture de Vitruve, trad. par Perrault. *Paris*, 1684, *in-fol. fig. v. b.*

241. Parallèle de l'Architecture antique & de la moderne, par Chambray. *Paris*, 1702, *in-fol. fig. v. f. Gr. Pap.*

242. Nouveau Traité d'Architecture, par Pierre Nativelle. *Paris*, 1729, 2 *vol. in-fol. fig. v. m. Gr. Pap.*

243. Monumens érigés en France à la gloire de Louis XV, par Patte. *Paris*, 1765, *in-fol. fig. m. r. doub. de tabis. Gr. Pap.*

244. Description des Trois Formes du port de Brest, par Choquet. *Brest*, 1757, *in-fol. br.*

245. Description du nouveau pont de pierre construit sur la riviere d'Allier, à Moulins, par de Regemortes. *Paris*, 1771, *in-fol. fig. v. m.*

246. Le Vitruve danois, cont. les Plans, Elévations, &c. des principaux Bâtimens du royaume de Dannemarck, avec les explic. en danois, françois & allemand. 1746, 3 *vol. in-fol. max. fig. v. m.*

247. Traité de la Coupe des pierres, par J. B. de la Rue. *Paris, Imp. Roy.* 1728, *in-fol. fig. v. b.*

248. Exposition du Parallèle des vaisseaux, & de plusieurs moyens pour perfectionner leur construction & leur nature. — Exposition du Méchanisme des mouvemens des corps flottans, par de la Croix. 2 *vol. in-fol. m. r.* MSS. sur papier avec des figures très-bien dessinées.

249.

No 234. The WORKS. B

N.º 259. Essai. 6. oro 260. x. Bouc. si avoulu
por le 1er.

249. Remarques sur la marine des Anglois & des Hollandois, faites sur les lieux en 1737, par Olivier, constructeur des vaisseaux du Roi. *In-fol. baf.* — — — — — —   6···
MS. sur papier avec des figures très-bien dessinées.

250. Art de la Guerre par principes & par regles, par M. de Puységur. *Paris*, 1749, 2 vol. in-4°. fig. m. r.   5···

251. Essai sur l'Art de la Guerre, par Turpin de Crissé. *Paris*, 1754, 2 vol. in-4°. fig. v. m.   4···

252. Mémoires du marquis de Feuquiere, contenant ses Maximes sur la guerre. *Londres*, 1736, in-4°. v. m.   3··· 16

253. Réflexions militaires & politiques, trad. de l'espagnol de Santa Cruz, par de Vergy. *Paris*, 1738, 11 vol. in-12, v. m.   6·· 2··

254. Collection des Lettres & Mémoires de Turenne, publiés par Grimoard. *Paris*, 1782, 2 vol. in-fol. v. m.   6··· 13

255. Campagnes des généraux Maillebois, Villars, Tallard, Noailles & Marsin. *Amsterdam*, 1772, 19 vol. in-12, brochés.   11··· 19

256. Plans & Journaux des siéges de la derniere guerre de Flandres. *Strasbourg*, 1750, in-4°. fig. v. f.   4··· 19

257. Mes Rêveries, ouvrage posthume de Maurice, comte de Saxe, pub. par l'abbé Pérau. *Paris*, 1757, 2 vol. in-4°. v. m. fig. color.   30···

258. Esprit des Loix de la Tactique, par de Bonneville. *La Haye*, 1762, 2 vol. in-4°. fig. v. m.   8··· 19·

259. Essai général de Tactique, par M. de Guibert. *Londres*, 1772, 2 tom. en un vol. in-4°. fig. v. f. fil.   14···

260. Essai général de Tactique, par Guibert. *Liége*, 1773, 2 vol. in-8°.   10··· 19··

261. Grande Tactique & Manœuvre de guerre suivant les principes de Sa Majesté Prussienne. *Paris*, 1780, in-4°. fig. v. m.   6··· 17·

262. Traité des Subsistances militaires, par Dupré d'Aulnay. *Paris*, 1744, in-4°. v. m.   13··· 19

263. L'Etat militaire de l'Empire Ottoman, par de Marsigli. *La Haye*, 1732, in-fol. fig. v. m.   6··· 1·

264. Manuel de l'Artilleur, par d'Urtubie. *Paris*, 1793, in-8°. fig. br.   3·· 3

265. L'Art de convertir le fer forgé en acier, par de Réaumur. *Paris*, 1722, in-4°. fig. v. m.   3··· 15·

266. Defcription des travaux qui ont précédé, accompagné & fuivi la fonte en bronze de la ftatue èqueftre de Louis XV, par Mariette. *Paris*, 1768, *in-fol. fig. m. r.*

267. Ant. Neri de Arte Vitraria Libri VII. *Amftelodami*, 1686, *in-12, fig. v. m.*

268. Ecole de Cavalerie, par la Gueriniere. *Paris*, 1733, *in-fol. fig. v. m.*

269. Traité des Tournois, Joûtes & Carrouzels, par le P. Meneftrier. *Lyon*, 1669, *in-4°. baf.*

270. Mémoire de M. Hellot fur l'Art de la Teinture. *in-4°. non relié.*
Manufcrit fur papier.

BELLES-LETTRES.

271. Monde Primitif analyfé & comparé avec le Monde Moderne, par Court de Gébelin. *Paris*, 1775, 9 *vol. in-4°. v. m.*
Il manque le tome VIII.

272. De la Maniere d'apprendre les langues, par Radon-villiers. *Paris*, 1768, *in-8°. v. m.*

273. Grammaire générale de Beauzée. *Paris*, 1767, 2 *vol. in-8°. v. f.*

274. An Effay on Grammar, by Vill. Ward. *London*, 1765, *in-4°. v. éc. d. f. t.*

275. Theoph. Sigifredi Bayeri Mufeum Sinicum, in quo Sinica Lingua, & Litteraturæ ratio explicatur. *Petropoli*, 1730, 2 *vol. in-8°. v. f.*

276. Linguæ Sinarum Mandarinicæ Hieroglip. Grammatica duplex, Auct. Steph. Fourmont. *Lutet. Parif.* 1742, *in-fol. v. m.*

277. Meditationes Sinicæ, auct. Steph. Fourmont. *Lutet. Parif.* 1737, *in-fol. v. m.*

278. Linguarum Orientalium, Hebraicæ, Rabbinicæ, Sa-maritanæ, Syriacæ, Græcæ, Arabicæ, Turcicæ, Arme-nicæ, Alphabeta. *Parifiis, Vitray*, 1636, *in-4°. v. m.*

279. Hodogeticum orientale harmonicum, feu Lexicon Hebraicum, Chaldaicum, Syriacum, &c. Auct. M. J. Frid. Nicolai. *Jenæ*, 1670, *in-4°. m. r.*

280. Palæftra Linguarum Orientalium, hoc eft quatuor

No 274. an Essay. B.

No 280. Palaestra. B.

No 282. Mlauinski. B.

No 283. compendiosum. B

No 288 jo. Salch liniis. B.

primorum capitum Geneseos, nempe Chaldaicæ, Syriacæ, Samaritanæ, &c. curâ G. Othonis. *Francofurti*, 1702, *in-4°. vél.*

281. Cursus Grammaticalis Linguarum Orientalium, Arabicæ, Persicæ & Turcicæ, auct. Jo. Bap. Podesta. *Viennæ Austriæ*, 1691, 2 *vol. in-4°. fig. v. f.* - - - - · 12·· 2

282. Fr. Mesgnien Meninski Institutiones Linguæ Turcicæ, cum Rudimentis parallelis Ling. Arab. & Persicæ. *Vindobonæ*, 1756, 2 *tom. en un vol. in-fol. v. f.* - - - · 19····2

283. Compendiosum Lexicon Latino-Turcico-Germanicum, operâ Jo. Christ. Clodii. *Lipsiæ*, 1730, *in-8°. cuir de Russie.* · · · 10····2 2

284. Grammatica Syra a Casp. Wasero. *Leidæ*, 1619, *in-4°. parch.*

285. Grammatica Arabica, auct. Postello. *Paris. in-4°. vél.* — Grammatica Linguæ Sanctæ, auct. Marino. *Basileæ*, 1580, *in-4°. vél.* 2····4··

286. Th. Erpenii Rudimenta Linguæ Arabicæ. *Lut. Paris.* 1638, *in-8°. parch.*

287. Abu Nosri Ismaelis Ebu Hammad al-Gievharii Farabiensis, purioris Sermonis Arabici Thesaurus. Particula 1. Edidit E. Scheidius. *Hardervici Gelrorum*, *in-4°. br.* · · 2····

288. Joannis Salchlini Specimen Arabicum, seu Analysis Grammaticæ & Notæ in Suratam Corani duodecimam. *Bernæ*, 1742, *in-12.* · · - · · · · 3····2

289. Alphabetum Barmanorum seu Regni Avensis. Auct. Jo. Christ. Amadutio. *Romæ*, *Typ. de Propaganda fide*, 1787, *in-8°. br.* · · · 1····12··

290. Jo. Scapulæ Lexicon Græco-Latinum. *Lugd. Bat. Typis Elzeviriorum*, 1652, *in-fol. vél.* · · · · · · ·18···11·

291. Novum Lexicon Græcum etymologicum & reale. Collegit C. Tob. Damm. *Berolini*, 1774, 2 *vol. in-4°. brochés.* 8····10··

292. Glossarium ad Scriptores mediæ & infimæ græcitatis, auct. du Cange. *Lugduni*, 1688, 2 *vol. in-fol. v. b.* · · · 18····10··

293. Gerardi Joannis Vossii Etymologicon Linguæ Latinæ. *Amst. apud Elzevirios*, 1662, *in-fol. v. b.* · · · · 3···2··

294. Roberti Stephani Thesaurus Linguæ Latinæ. *Basileæ*, 1740, 4 *vol. in-fol. v. m.* - · · · · ·19····1··

295. Dictionarium Latino-Gallicum, auct. Boudot. *Parisiis*, 1774, *in-8°. baf.*

296. Gloffarium ad Scriptores mediæ & infimæ latinitatis, auct. du Cange, cum fupplemento. *Parisiis*, 1733, 10 *vol. in-fol. v. b.*

297. Gloffarium Archaiologicum, continens latino-barbara, obfoleta, & novatæ fignificationis vocabula, auct. H. Spelmanno. *Londini*, 1687, *in-fol. v. m.*

298. Dictionnaire Etymologique de la Langue Françoife, par Menage, revu par A. F. Jault. *Paris*, 1750, 2 *vol. in-fol. baf.*

299. Dictionnaire univerfel françois & latin de Trévoux. *Paris*, 1771, 8 *vol. in-fol. v. m.*

300. Abrégé du Dictionnaire de Trévoux, par Berthelin. *Paris*, 1762, 3 *vol. in-4°. v. m.*

301. Dictionnaire de l'Académie Françoife. *Paris*, 1762, 2 *vol. in-fol.*

302. Mémoires fur la Lange Celtique, par Bullet. *Dijon*, 1754, 3 *vol. in-fol. dem. rel.*

303. Diccionario della Lengua Caftillana, compuefto por la Real Academia efpañola. *Madrid, J. Ibarra*, 1780, *in-fol. baf.*

304. A Short introduction to English Grammar with critical notes. *London*, 1762, *in-8°. m. verd.*

305. Franc. Junii Etymologicum Anglicanum, accedit Grammatica Anglo-Saxonica, ftud. Ed. Lye. *Oxonii*, è *Th. Shel.* 1743, *in-fol. v. m. Ch. Mag.*

306. Antiquæ Linguæ Britannicæ Thefaurus, being a British or Welsh English Dictionnary, by Richards. *Briftol*, 1753, *in-8°.*

307. The Rudiments of Grammar for the English-Saxon Tongue, by Elftob. *London*, 1715, *in-4°. v. m.*

308. Dionyfii Longini de Sublimitate Commentarius, gr. & lat. edente Jac. Tollio. *Traj. ad Rhenum*, 1694, *in-4°. v. br.*

309. Dionyfii Longini de Sublimitate Commentarius, gr. & lat. *Glafguæ*, 1763, *in-12, v. f.*

310. Aphthonii Progymnafmata. *Amfterod. Lud. Elzevirius*, 1645, *in-12, v. f.*

Nº 303 Dictionaire. M. Caillard

Nº 307. The Rudiments. B.

N° 317. de passeroposi. acad.

N° 321. Hommage. M. Caillard

311. Demosthenis orationes Philippicæ duodecim, græcè. *Glasguæ*, 1762, *in-12, v. éc.* — — — — — 5 .... 1 ..

312. M. Tullii Ciceronis Opera, cum notis Jos. Oliveti. *Parisiis*, 1740, 9 *vol. in-4°. v. m.* — — — — 123 ... 19 ..

313. Les Oraisons de Cicéron, trad. en franç. par de Villefore. *Paris*, 1731, 8 *vol. in-12, v. f.* 14 ....

314. M. Fabii Quinctiliani de Oratoriâ Institutione libri XII, cum not. Cl. Capperonerii. *Paris.* 1725, *in-fol. v. m.* 7 .... 3 ..

315. Recueil de différens Éloges de Voltaire, dont celui fait par le Roi de Prusse. *Berlin*, *in-8°. v. f.* 1 .... 10 ..

316. Essays on Poetry and Music, as they affect Mind, by J. Beattie. *London*, 1779, *in-8°. v. m.* — 5 .... 19 ..

317. De Sacra Poesi Hebræorum Prælectiones Academicæ Oxonii habitæ a Rob. Lowth. *Oxonii*, 1775, *in-8°. br.* 8 19

318. Poetæ Græci Principes Heroici Carminis & alii nonnulli, græcè. *Excudebat Henr. Stephan.* 1566, 2 *vol. in-fol. m. r.* voir s'est grand papier 54 .... 1 .

319. Poetæ Græci veteres Tragici, Comici, &c. gr. & lat. *Coloniæ Allobrogum*, 1614, *in-fol. v. br.* 15 ....

320. Poetæ minores Græci, gr. & lat. *Genevæ*, 1612, 3 *vol. in-18, v. f.* — — — 3 .... 1 .

321. Homeri Ilias, græcè. *Parisiis, Turnebus*, 1554, *in-8°. veau rac. l. r.* 8 ... 1 ..

322. Homeri Ilias & Odyssea, gr. & lat. cum Scholiis Didymi, accurante C. Schrevelio. *Amstel. ex Officinâ Elzeviriand*, 1656, 2 *vol. in-4°. m. r.* 25 ....

323. Homeri Hymnus in Cererem, gr. edid. David Ruhnkenius. *Lugd. Bat.* 1780, *in-8°. br.* 1 .... 10 ..

324. Œuvres complettes d'Homère, trad. en franç. par Gin. *Paris, Didot l'aîné*, 1786, 4 *vol. in-4°. fig. br. Papier Vélin.* 30 ... 14 ..

325. L'Iliade & l'Odyssée d'Homère, trad. en vers franç. par de Rochefort. *Paris, Imprimerie Royale*, 1781, 2 *vol. in-4°. fig. v. m.* 13 .... 5 ..

326. An Inquiry into the Life and Writings of Homer. *London*, 1736, *in-8°. v. br.* 5 .... 2 ..

327. Anacréon, Sapho, Bion & Moschus, trad. par Moutonnet de Clairfonds. *Paris*, 1773. = Hero & Leandre, poëme de Musée, trad. par le même. *Paris*, 1774, *in-4°. fig. m. r.* Grand Pap. d'Hollande 25 ....

328. Anacréon , Sapho , Bion & Moschus , & Leandre & Hero, trad. par Moutonnet de Clairfonds. *Paris*, 1773 , *in-8°. fig. v. éc.*

329. Anacreontis Teii Odaria, græcè. *Parmæ, Bodoni, in-4°. m. r. dent. doub. de tab.*

330. Hymnes de Callimaque , en grec & en franç. trad. par La Porte du Theil. *Paris , Impr. Roy.* 1775 , *in-8°. br.*

331. Pindari Opera , gr. & lat. *Parisiis , Stephanus , 1599 , in-4°. vélin.*

332. Pindari Opera, gr. & lat. stud. Jo. Benedicti. *Salmurii* , 1620, *in-4°. v. f.*

333. Hero & Leandre , poëme de Musée , trad. par Moutonnet de Clairfonds. *Paris*, 1774 , *in-8°. v. m.*

334. Tragœdiarum græcarum Delectus, gr. cum annot. Joan. Burton. *Oxonii* , 1779 , 2 *vol. in-8°. br.*

335. Théâtre des Grecs , par le père Brumoy , avec les Observations & Remarques de MM. Rochefort & du Theil. *Paris , Cuffac,* 1785, 13 *vol. in-8°. figures, en feuilles.*

336. Sophoclis Tragœdiæ septem. gr. & lat. *Glasguæ,* 1745, 2 *vol. in-12 , v. b.*

337. Euripidis quæ extant omnia, gr. & lat. studio Josuæ Barnes. *Cantabrigiæ ,* 1694, *in-fol. v. f.*

338. Aristophanis Comœdiæ , gr. & lat. *Amstel.* 1670 , *in-12, v. b.*
Manque le titre.

339. Aristophanis Nubes, Comœdia, gr. & lat. *Glasguæ,* 1755 , *in-8°. v. m.*

340. Aristophanis Comœdiæ, gr. & lat. curante Petro Burmanno. *Lugd. Bat.* 1760 , 2 *vol. in-4°. v. m.*

341. Poetæ Latini Rei Venaticæ Scriptores & Bucolici antiqui , cum notis variorum, accurante Ger. Kemphero. *Lugd. Bat.* 1728, *in-4°. v. m.*

342. T. Lucretii Cari de Rerum Naturâ libri sex , ad usum Delphini. *Parisiis ,* 1680 , *in-4°. v. f.*

343. Titi Lucretii Cari de Rerum naturâ libri sex. *Lut. Paris.* 1744 , *in-12 , fig. v. m.*

344. Di Tito Lucrezio Caro della Natura delle Cose libri sei. trad. da Aleff. Marchetti. *Londra ,* 1717, *in-8°. m. r. dent. l. r. Gr. Pap.*

N° 361 . Horace . ch . caillard

345. Catullus, Tibullus & Propertius. *Parisiis, Coustellier*, 1743, *in-*12, *fig. v. m.* — 3 8

346. Albii Tibulli quæ extant. *Amstel.* 1708, *in-*4°. *v. b.* — 5 18

347. Sex. Aurelii Propertii Elegiarum libri quatuor, cum not. Jani Broukhusii. *Amstel.* 1727, *in-*4°. *v. b.* — 4 19

348. Pub. Virgilii Maronis Opera, Nic. Heinsius recensuit. *Amstelodami, ex Offic. Elzeviriana,* 1676, *in-*12, *m. r. doub. de m. r. dent. l. r.* — 12 ....

349. P. Virgilii Maronis Opera. *Edinburgi, Hamilton,* 1755, 2 *vol in-*12, *v. m.* — 6 16

350. P. Virgilii Maronis Opera. *Londini,* 1785, 2 *vol. in-*8°. *dem. rel.* — 4 13

351. Les Œuvres de Virgile en latin & en franc. de la trad. de l'abbé Desfontaines. *Paris,* 1748, 4 *vol. in-*8°. *v. f. fig. de Cochin, Gr. Pap.* — 43 1

352. Les Georgiques de Virgile, trad. en vers françois, par l'abbé Delille. *Paris,* 1770, *in-*8°. *fig. v. éc.* — 9 1

353. Les Georgiques de Virgile, trad. en vers françois par l'abbé de Lille. *Paris, Didot l'aîné,* 1783, *in-*4°. *m. v.* — 27 1

354. Q. Horatius Flaccus. *Amsterodami, D. Elzevirius,* 1676, *in-*18, *m. r.* — 3 ....

355. Q. Horatius Flaccus, ex recensione & cum notis Rich. Bentleii. *Amstelodami,* 1713, 2 *vol. in-*4°. *v. m. Ch. Mag.* — 22 2

356. Q. Horatius Flaccus ex recensione Rich. Bentleii. *Amstelodami,* 1728, *in-*4°. *v. b.* — 5 ....

357. Q. Horatii Flacci Opera. *Londini, Æneis Tabulis incidit Jo. Pine,* 1733, 2 *vol. in-*8°. *m. viol.* — 55 .... 1 Prima Editio.

358. Q. Horatii Flacci Opera. *Londini, Pine,* 1733, 2 *vol. in-*8°. *v. m.* Prima Editio. — 34 3

359. Quinti Horatii Flacci Carmina. *Parisiis, Barbou,* 1775, *in-*12, *v. m.* — 3 6

360. Q. Horatii Flacci Opera. *Londini,* 1783, 2 *vol. in* 8°. *dem. rel.* — 9 1

361. Les Œuvres d'Horace, en latin & en franc. avec les Remarques de Dacier. *Paris,* 1709, 10 *vol. in-*12, *v. m. l. r. Gr. Pap.* — 19 19

362. Pub. Ovidii Nasonis Opera, *Londini, Brindley,* 1745, 5 *tom. rel. en* 2 *vol. in-*18, *v. éc.* Deliées — 6 19

348. Double. v. f. — 6 17

363. Les Métamorphoses d'Ovide, en latin & en franc.
de la trad. de l'abbé Banier, & avec les fig. de Lemire
& Bafan. *Paris*, 1767, 4 *vol. in-*4°. *v. éc. d. f. t.*

364. Phædri Fabulæ. *Parifiis, è Typ. Regiâ*, 1729, *in-*18,
m. viol. Ch. Mag. ═ Q. Horatii Flacci Opera. *Parif.
è Typ. Reg.* 1733, *in-*18, *m. viol.*

365. Phædri Fabularum libri quinque. *Parif. Couftellier*,
1742, *in-*12, *v. m.*

366. M. An. Lucani Pharfalia, cum Commentario Pet.
Burmanni. *Leidæ*, 1740, *in-*4°. *v. m.*

367. Pub. Papinius Statius. *Amfterodami*, 1624, *in-*24,
vél. ═ L. An. Senecæ Tragœdiæ. *Amfterodami*, 1668,
*in-*24, *chagrin, l. r.*

368. Toutes les Epigrammes de Martial en latin & en
françois, trad. de Marolles. *Paris*, 1655, 2 *vol. in-*8°.

369. Poëme de Petrone fur la Guerre civile, traduit en
françois par le P. Bouhier. *Amfterd.* 1737, *in-*4°. *v. m.*

370. Aur. Prudentii Clementis Opera, ex recenf. Nic.
Heinfii. *Amfelodami, Dan. Elzev.* 1667, *in-*12, *m. r.*

371. P. Terentii Comœdiæ. *Glasguæ*, 1742, *in-*8°. *en
feuilles.*

372. Les Comédies de Térence, en lat. & en franc. de la
traduction de le Monnier. *Paris*, 1771, 3 *vol. in -* 8°.
fig. m. r. Pap. d'Holl.

373. Marcelli Palingenii Zodiacus Vitæ Humanæ. *Rotte-
rodami*, 1722, *in-*12, *v. f.*

374. Poemata Didafcalica. *Parifiis*, 1749, 3 *vol. in-*12,
v. m.═Scalptura, Carmen; auct. Doiffin. *Parifiis*, 1753,
*in-*12, *v. m.*

375. Mich. Hofpitalii Carmina. *Lutetiæ*, 1585, *in-fol.
v. m. l. r.*

376. J. B. Santolii Opera omnia. *Parif.* 1729, 3 *vol. in-*12.

377. Jac. Vanierii Prædium Rufticum. *Parifiis, Barbou*,
1774, *in-*8°. *v. m.*

378. Math. Cafim. Sarbievii Carmina. *Parif.* 1759, *in-*12,
veau m.

379. Antonius de Arena Provençalis de Bragardiffima
Villa de Soleriis, ad fuos compagnones, &c. 1670,
*in-*12, *m. r.*

380.

380. Meygra Entreprifa Catoliqui Imperatoris, &c. per Ant. Arenam. *Lugduni*, 1760, *in-8°. v. m.* — 3 .. 6

381. Le Roman de la Rofe, par Guill. de Loris, pub. par Lenglet Dufrefnoy. *Amft.* 1735, 3 *vol. in-12. v. b.* — 9 .. 19

382. Les Œuvres de Clément Marot. *La Haye*, 1700, 2 *vol in-12, v. b.* — 3 .. 2

383. Œuvres de Clément Marot. *La Haye*, 1731, 4 *vol. in-4°. v. f.* — 10 .. 1

384. Œuvres de Ronfard. *Paris*, 1604, 10 *tomes en 6 vol. in-12, v. f.* — 10 .. 5

385. Poéfies de Malherbe, avec les notes de St.-Marc. *Paris, Barbou*, 1757, *in-8°. Gr. Pap. d'Holl. v. éc.* — 6 .. 1

386. Fables de La Fontaine, gravées par Feffard. *Paris*, 1765, 6 *vol. in-8°. fig. m. verd, Pap. d'Holl.* — 44 .. 1

387. Fables choifies par La Fontaine. *Genève*, 1777, 2 *vol. in-18, m. bl. tab.* — 4 .. 2

388. Fables de La Fontaine, pour l'éducation de M. le Dauphin. *Paris, Didot l'aîné*, 1788, *in-4°. v. rac. dent.* — 30 .. 1

389. Fables de La Fontaine pour l'éducation du Dauphin. *Paris, Didot l'aîné*, 1789, 2 *vol. in-8°. m. r. Pap. Vél.* — 16 .. 19

390. Fables mifes en Vers, par J. de La Fontaine. *Dijon, Cauffe*, 1793, 2 *vol. in-8°. m. r. dent.* — 10 ..

391. Œuvres de Nic. Boileau Defpréaux, avec des Éclairciffemens Hift. donnés par lui-même. *Amft.* 1718, 2 *vol. in-fol. m. r. fig. de Bern. Picart.* Très-bel Exemp. — 70 .. 19 ₂

392. Œuvres de M. Boileau Defpréaux, avec des Remarques par M. de St.-Marc. *Paris*, 1747, 5 *vol. in-8°. fig. v. m.* — 29 .. 1

393. Odes, Cantates, Épîtres & Poéfies diverfes de J. B. Rouffeau, pour l'éducation de M. le Dauphin. *Paris, Didot fils aîné*, 1790, *in-4°. v. rac. dent.* — 18 ..

394. La Henriade, par Voltaire. *Paris, veuve Duchefne*, 2 *vol. in-8°. v. éc.* Papier Fin, figures avant la lettre. — 14 .. 19

395. Œuvres complettes de Bernard, édition tirée à 35 exemplaires. *Paris, Didot jeune, in-8°. m. r. dent. tab.* Pap. Vél. — 15 .. 1

396. L'Art de peindre, Poëme par Watelet. *Paris*, 1760, *in-12, fig. v. éc.* — 2 .. 12

397. Les Mois, Poëme par Roucher. *Paris*, 1779, 2 *vol. in-4°. fig. v. m.* — 12 ..

382. Double .. M. R. — 9 .. ₂

389 Double .. 6 — 10 .. 18

Boileau de Didot 2 vol 4° — 36 ..

398. Les Saisons, Poëme par St.-Lambert. *Amst.* 1775, *in-8°. fig. m. r.*

399. Les Jardins ou l'Art d'embellir les Paysages, par l'abbé de Lille. *Paris, Didot l'aîné,* 1782, *in-4°. m. r.*

400. Colomb dans les Fers, à Ferdinand & Isabelle, par le Chev. de Langeac. *Paris, Didot l'aîné,* 1782, *in-18, m. r.*

401. Théâtre de Pierre Corneille, avec les Commentaires de Voltaire. 1764, 12 *vol. in-8°. fig. v. m.*

402. Les Chef-d'œuvres de Pierre Corneille. *Oxford,* 1746, *in-8°. vél. dent. doub. de m. bl. dent. & tabis.*

403. Théâtre choisi de P. Corneille. *Paris, Didot l'aîné,* 1783, 2 *vol. in-4°. m. verd.*

404. Œuvres de Moliere, avec les notes de Bret. *Paris,* 1773, 6 *vol. in-8°. fig. v. éc.*

405. Œuvres de Racine. *Paris,* 1760, 3 *vol. in-4°. fig. veau marbré.*

406. Œuvres de Jean Racine, pour l'éducation de M. le Dauphin. *Paris, Didot l'aîné,* 1783, 3 *vol. in-4°. veau racine, dent.*

407. Œuvres de Jean Racine, pour l'éducation du Dauphin. *Paris, Didot l'aîné,* 1784, 3 *vol. in-8°. m. r. Pap. Vél.*

408. Œuvres dramatiques de Néricault Destouches. *Paris, Imp. Roy.* 1757, 4 *vol. in-4°. v. m.*

409. Œuvres de Crébillon. *Paris, Imp. Roy.* 1750, 2 *vol. in-4°. v. m.*

410. Les Amis du Jour, par madame de Beaunoir. *Paris,* 1786, *in-8°. en feuilles.*

411. Choix de Chansons mises en musique, par M. de la Borde. *Paris,* 1773, 4 *vol. in-8°. fig. m. r.*

412. Las Obros de Pierre Goudelin. *Amsterdam,* 1700, 2 *vol. in-12.*

413. Recueil de diverses pieces en vers faites à l'ancien langage de Grenoble, par les plus beaux esprits de ce temps-là. *Grenoble,* 1662, *in-8°. m. r.*

414. Orlando Furioso di Lod. Ariosto. *In Venetia,* 1609, 4 *vol. in-24, v. f.*

415. Orlando Furioso di Lod. Ariosto. *Birmingham, Baskerville,* 1773, 4 *vol. in-8°. fig. m. r.*

416. Orlandino di Limerno Pitocco. *Parigi, Molini,* 1775, *in-8°. m. verd.* Imprimé sur Vélin.

N° 432 . Mythologie . M.L.^{tt} Janow 433 . M.o^{t}
Bone.

N° 434 . Lettres . B.

417. La Gerufalemme Liberata di Torquato Taffo. *In Parigi, Delalain,* 1771, 2 *vol. in-8°. m. r. Pap. d'Holl.* - - · 22 ···

418. La Gerufalemme Liberata di Torquato Taffo. *In Parigi, Delalain,* 1771, 2 *vol. in-4°. fig. v. m. Ch. Mag.* - - 18 ···

419. La Gerufalemme Liberata di Torquato Taffo, ftampata d'ordine di Monfieur. *Parigi, Didot l'ainé,* 1784, 2 *vol. in-4°. fig. m. verd & br. Pap. Vél.* Prima edizione. 60 ··· 1··

420. Jérufalem Délivrée, poëme du Taffe, traduit de l'italien. *Paris, Mufier,* 1774, 2 *vol. in-8°. fig. m. r.* - · 23 ···

421. L'Adone, poema del Cavalier Marino. *In Amfterdam, Elzevier,* 1678, 4 *vol. in-24, fig. m. verd.* - - · 14 ··· 19

422. Ricciardetto di Niccolo Carteromaco. *In Parigi,* 1738, 2 *vol. in-4°. v. éc.* - - - - · 12 ··· 19·

423. Bertoldo con Bertoldino e Cacaffenno, in ottava Rima. *In Bologna,* 1736, *in-4°. fig. vél.* - - · 10 ···

424. Poefie del fignor Abate Pietro Metaftafio. *Parigi,* 1755, 12 *vol. in-8°. m. r. Gr. Pap. d'Holl.* - - · 44 ··· 10··

425. Opere del fignor Abate Pietro Metaftafio. *In Parigi,* 1780, 12 *vol. in-4°. fig. v. éc.* - - · · 100 ···

426. La Araucana de don Alonzo de Erzilla. *En Anvers,* 1575, *in-12, m. r.* - - - - · 5 ··· 1·

427. Opufcula Mythologica, Ethica & Phyfica. gr. & lat. *Cantabrigia,* 1671, *in-8°. vél.* - - · · 3 ··· 4·

428. Antonii Liberalis transformationum congeries, gr. & lat. edente Th. Munckero. *Amftel.* 1676, *in-12, v. b.*

429. Hermanni Vonder Hardt detecta Mythologia græcorum in decantato Pygmæorum, Gruum & Perdicum bello. *Lipfiæ,* 1716, *in-8°. v. m.* } 6 ··· 8··

430. Pantheum mythicum feu fabulofa Deorum Hiftoria, auct. Fr. Pomey. *Ultrajecti,* 1697, *in-12, fig. v. m.* · 3 ··· 12·

431. Lud. Smids Pictura loquens, five Heroicarum tabularum Had. Schoonebeeck enarratio & explicatio. *Amft.* 1695, *in-12, fig. v. m.* 3 ··· 12

432. La Mythologie & les Fables expliquées par l'Hiftoire, par l'abbé Banier. *Paris,* 1738, 3 *vol. in-4°. m. bl.* - - · 28 ··· 10

433. La même Mythologie, par Banier. *Paris,* 1738, 3 *vol. in-4°. v. m.* - - - - · · 23 ···

434. Letters concerning Mythology. *London,* 1748, *in-8°.* 7 ··· 8··

3 .... 5 .. 435. Fabularum Æfopiarum Libri V. *Oxonii, è Typ. Cla-rendoniano,* 1757, *in*-8°. *m. r.*

9 .... 12. 436. Cento Favole Morali de I piu illuftri antichi e moderni Autori, &c. fciolte da M. Gio. M. Verdizotti. *In Venetia,* 1577, *in*-4°. *fig. v. f.*

1 .... - .. 437. Apuleii Opera quæ extant. *Lugd. Bat.* 1623, *in*-12, *veau brun.*

9 .... 16 .. 438. L. Apuleii Opera ad ufum Delphini. *Parifiis,* 1688, *in*-4°. *v. b.*

7 - - - - 439. Les Œuvres de Maître François Rabelais. (*Amfterdam, Elzevier*), 1663, 2 *vol. in*-12, *m. viol. gaté*

24 .... 10. 440. Œuvres de Maitre François Rabelais, avec les Re-marques de Le Duchat. *Amft.* 1741, 3 *vol. in*-4°. *v. b. fig. de Bern. Picart.*

37 .... 8 .. 441. Dialogo intitolato la Cazzaria dell' Arficcio intro-nato. *Impreffa in Neapoli ad inftantia di Curtio & Scipione Navi. In*-8°. *m. viol. dent. doub. de tab.* Très-Rare.

2 .... 11. 442. Jo. Meurfii Elegantiæ Latini Sermonis. *Londini,* 1781, 2 *vol. in*-18, *m. r. mouillé*

5 .... 10 .. 443. Recueil de diverfes Pièces comiques, gaillardes & amoureufes. 1671, *in*-12, *v. f.*

2 - - - - - 444. Le Mercure Poftillon de l'un à l'autre Monde, en ital. & en franc. *Liége, in*-12, *m. r.*

6 .... 18 .. 445. Les Gymnopodes, ou de la Nudité des Pieds, par Séb. Rouillard. *Paris,* 1624, *in*-4°. *v. m. Gr. Pap.*

43 .... 10 .. 446. Il Decamerone di M. Giov. Boccacio. *Londra,* 1757, 5 *vol. in*-8°. *m. r.* Avec les fig. doubles.

36 .... 1 .. 447. Les nouvelles de Marguerite, Reine de Navarre. *Berne,* 1780, 3 *vol. in*-8°. *fig. v. éc.*

20 - - - - 448. Les Amours paftorales de Daphnis & Chloë, trad. de Longus, par J. Amyot. 1718, *in*-8°. *m. r.* Édition originale, avec les Figures du Régent.

3 .... 19. 449. Achillis Tatii de Clitophontis & Leucippes Amoribus Libri VIII, gr. & lat. *Lugd. Bat.* 1640, *in*-12, *v. f.*

4 .... 12 .. 450. Les Amours d'Ifmene & d'Ifmenias. *La Haye,* 1743, *in*-12, *fig. baf.* ▬ Les Affections de divers Amans, trad. de Parthenius de Nicée. 1743, *in*-12, *v. m.*

6 .... { 451. Jo. Barclaii Argenis. *Lugd. Bat. ex offic. Elzeviriana,* 1630, *in*-12, *vél.*

{ 452. Amours des Dames illuftres de France, fous le

8 ---19 .. 439 Double

2 .... 2. 445 Double.

No 459. Telemaque M. Caillard

No 461. Cleomene. B.

No 464. Diable Boiteux. M. caillard

règne de Louis XIV. *Cologne*, 2 vol. *in-*12, *fig. m. r.*
dent.

453. Les Amours du Grand-Alcandre, par Mlle de Guife.
Paris, Didot aîné, 1786, 2 tom. en 1 vol. in-12, *P. Vél.* — 3....6..

454. Les Aventures de Télémaque, par Fénélon. *Paris*,
1730, 2 vol. *in-*4°. *fig. m. r.* — 12...4..

455. Les Aventures de Télémaque, par M. de Fénélon.
Amflerdam, Wetflein, 1734, *in-*4°. *m. r. figures de Bern.*
Picart. — 29...19..

456. Les Aventures de Télémaque, par Fénélon. *Lon-*
dres, Dodfley, 1738, 2 vol. *in-*8°. *fig. v. éc.* — 48...

457. Les Aventures de Télémaque, par Fénélon. *Leyde*,
1761, *in-fol. v. éc. d. f. t. fig. de Bern. Picart.* — 30....

458. Les Aventures de Télémaque, par Fénélon. *Paris*,
de l'Imp. de Monfieur, 1790, 2 vol. *in-*8°. *br. en cart.* — 11....

459. Les Aventures de Télémaque, par Fénélon. *Dijon*,
Cauffe, 1791, 2 vol. *in-*8°. *m. bl. dent.* — 14....2

460. Choix de petits Romans de différens genres. *Paris*,
1789, 2 vol. *in-*18, *baf.* — 2....3

461. Cléomene, ou Tableau abrégé des Paffions. *Paris*,
de l'Imp. de Monfieur, 1785, *in-*18, *m. r.* — 3....1..

462. Collection de Poéfies & de Romans, imprimés par
ordre du comte d'Artois. *Paris, Didot l'aîné*, 1780,
52 vol. *in-*18, *v. éc. fil. Pap. Fin.* — 184....

   Il manque, pour completter cette collection, les ouvrages fuivans : Lettres de Sancerre, 2 *vol.* ⹀ Olivier,
2 *vol.* ⹀ Le Berceau de la France, 2 *vol.* ⹀ Le Siége
de Calais, 2 *vol.* ⹀ Tom Jones, 4 *vol.* — 24....2

463. Les Confeffions du comte de ***, par Duclos. ⹀
Lettres Péruviennes, par M^{de} de Grafigny. ⹀ Hiftoire
de Manon Lefcaut, par Prevoft. *Paris, Didot l'aîné*,
1781, 6 vol. *in-*18, *m. r.*
   Ces 6 volumes font partie de la collection d'Artois
en Papier fin. — 24....2

464. Le Diable Boiteux, par le Sage. *Paris*, 1756, 3 vol.
*in-*12, *fig. m. r. Pap. d'Holl.* — 14..19 2

465. Eftelle, Roman Paftoral, par M. de Florian. *Paris*,
1788, *in-*8°. *m. v. doub. de tab. Pap. Vél.* — 4...19..

466. Galatée, Roman Paftoral, imité de Cervantes, par
M. de Florian. *Paris, Didot l'aîné*, 1784, *in-*8°. *m. r.*
Pap. Vél. — 5....15

460 Double — 2....12..

460 Triple — 2....3..

460 Quadruple — 2...12..

466 Double — 6....

467. Galatée, Roman Pastoral, imité de Cervantes, par Florian. *Paris*, 1783, *in-18*. ⸗ Les Six Nouvelles, par le même. *Paris, Didot l'aîné, 1784, in-18, fig. v. m.*

468. Histoire secrette de Bourgogne, par Mademoiselle de la Force. *Paris, Didot l'aîné, 3 vol. in-12, br.*

469. Les Incas, ou la Destruction de l'Empire du Pérou, par Marmontel. *Paris,* 1777, *2 vol. in-8°. fig. en feuilles.*

470. Numa Pompilius, par M. de Florian. *Paris, Didot l'aîné,* 1786, *in-8°. m. verd, doub. de tabis, Pap. Vélin.*

471. Séthos, Histoire ou Vie tirée des Monumens anecdotes de l'ancienne Égypte, par Terrasson. *Amst.* 1732, *2 vol. in-12.*

472. Arcadia di M. Giac. Sannazaro. *In Venetia,* 1625, *in-24, vélin.*

473. Filistrate, ou les Amours de Troille, fils du Roi Priam & de la belle Briseida, trad. de l'italien de Petre Arane, par Beauvau, Sénéchal d'Anjou. *In-4°. v. m.* Manuscrit sur Vélin du 16e. siècle.

474. Henry and Isabella, by the Author of Caroline. *London,* 1788, 4 *vol. in-12, br.*

475. Gyron le Courtois, avec la devise des armes de tous les Chevaliers de la Table Ronde. *Paris, Antoine Vérard, in-fol. v. m. goth.* Édition Rare.

476. Tristan Chevalier de la Table Ronde. *Paris, Vérard, in-fol. v. f. goth.*

477. Histoire du Petit Jehan de Saintré, & de la Dame des Belles Cousines, par M. de Tressan. *Paris, Didot jeune,* 1792, *in-18, m. r. Pap. Vélin, fig. avant la lettre.*

478. Histoire du Petit Jehan de Saintré, de Gérard de Nevers, par Tressan. ⸗ Œuvres choisies de Gresset. *Paris, Didot jeune,* 1791, 3 *vol. in-18, fig. m. r. Pap. Vél.*

479. The Life and Exploits of the Ingenious Gentleman Don Quixote de la Mancha, by Mig. de Cervantes Saavedra. *London, Tonson,* 1756, *2 vol. in-4°. fig. v. rac.*

480. Contes des Fées, par Perrault. *Paris,* 1781, *in-12, m. r. dent. Pap. d'Hollande.*

481. De la Charlatanerie des Savans, par Menken. *La Haye,* 1721, *in-12.*

482. Sam. Werenfelsii Dissertationes de Logomachiis Eruditorum, &c. *Amstel.* 1716, *in-8°. v. f.*

N° 473. filistrate. C. Beuf. mo.ᵗᵉ à mh.ᵗᵗ

N° 475. gitow. C. Beuf. mh.ᵗ à po.ᵗᵗ
N° 476. Tristan. C. Beuf. mh.ᵗᵗ

N° 479. The Life. B.

N° 481. Charlatanerie. B.

Nᵒ 497. Theognides. B.

483. Le Livre jaune, contenant quelques Conversations sur les Logomachies, c'est-à-dire sur les Disputes de mots, &c. *Basle*, 1748, *in-8°. v. f.* Impr. sur Papier jaune. — 3....

484. T. Petronii Arbitri Satyricon, cum notis varior. curante Pet. Burmanno. *Traj. ad Rhen.* 1709, *in-4°. v. br.* — 4.... 18°.

485. Petrone, latin & françois, trad. par Nodot. 1694, 2 *vol. in-8°. fig.* — 5....

486. Histoire de Pierre de Montmaur, par Sallengre. *La Haye*, 1715, 2 *vol. in-12*, *Gr. Pap. fig.* — 4.... 19..

487. Défense du Paganisme, par l'Empereur Julien, en grec & en françois, par le Marquis d'Argens. *Berlin*, 1764, *in-12*, *v. f.* — 4....

488. Apologie pour Hérodote, par Henri Étienne. *La Haye*, 1735, 3 *vol. in-12*, *v. m.* — 4....

489. Apologie pour les Grands Hommes soupçonnés de magie, par Naudé. *Amst.* 1712, *in-12.* — 1....

490. Stultitiæ Laus, Def. Erasmi declamatio, cum comment. G. Listrii. *Basileæ*, 1676, *in-8°. fig. m. r.* — 6.... 4..

491. Laus Asini cum aliis festivis Opusculis. *Lugd. Bat. ex Officinâ Elzevirianâ*, 1629, *in-24*, *v. br.* — 1.... 18..

492. Les Bigarrures & Touches du Seigneur des Accords. *Rouen*, 1640, *in-8°. fig. m. r.* — 4.... 10.

493. Hyppolitus redivivus, id est Remedium contemnendi sexum muliebrem. 1644, *in-12*, *m. r*,

494. De Virginitate, Virginum Statu & Jure Tractatus Jucundus, per H. Kornmannum. *Coloniæ*, 1765, *in-8°. v. éc.* — 3.... 5..

495. Opus Polyhistoricum, de Osculis, &c. auct. Mart. Kempio. *Francofurti*, 1680, *in-4°*, *fig. v. b.* — 4.... 19.

496. Le Triomphe des Graces, ou Elite en prose et en vers des meilleurs écrits sur les Graces, par de Querlon. *Paris*, 1775, *in-8°.*, *fig. v. m.* — 5.. 4..

497. Theognidis, Phocylidis & aliorum Sententiæ, gr. & lat. *Traj. ad Rhenum*, 1748, *in-12*, *v. m.* — 2.... 11...

498. Adagia sive Proverbia Græcorum ex div. Auct. collecta, gr. & lat. stud. And. Schotti. *Antuerpiæ*, 1612, *in-4°. mout. r. dent.* — 5....10.

499. Matinées Senonoises, ou Proverbes François. *Paris*, 1789, *in-8°. en feuilles.* — 1.... 8..

500. Luciani Samosat. Opera, gr. & lat. cum notis J. Bourdelotii. *Lut. Paris.* 1615, *in-fol. v. f.* — 8....

1....

489 Double —

489 - 14 idem en seille.... 19....12.

501. Lucien de la Traduction de Perrot d'Ablancourt. *Amsterdam*, 1712, 2 *vol. in-8°. fig. m. r. doublé de m. r. dent. l. r.*

502. Banquet des Savans par Athenée, trad. du grec par Lefebvre de Villebrune. *Paris*, 1791, *les tomes* 2, 3, 4 *&* 5 *in-4°. en feuilles.* === *Les tomes* 3, 4 *&* 5 *du même Ouvrage, en feuilles.*

503. G. Buchanani Opera omnia. *Edinburgi*, 1715, *in-fol. v. b.*

504. Les Essais de Michel de Montaigne. *Amsterdam, Michiels*, 1659, 3 *vol. in-12, cuir de Ruffie, doub. de tabis.*

505. Les Essais de Michel de Montaigne, avec les Remarques de P. Coste. *Londres, Tonson*, 1724, 4 *vol. in-4°. v. éc.*

506. Les Essais de Michel de Montaigne. *Amsterdam*, 1781, 3 *vol. in-8°. br.*

507. Mêlanges de Littérature tirés des Lettres manuscrites de Chapelain. *Paris*, 1726. === Recueil de Littérature, de Philosophie & d'Histoire. *Amsterdam*, 1730, 2 *tomes en* 1 *vol. v. j.*

508. Œuvres diverses de P. Bayle. *La Haye*, 1727, 5 *vol. in-fol. v. b.*

509. Les Œuvres de La Motte. *Paris*, 1754, 11 *vol. in-12, v. f. Gr. Pap.*

510. Les Œuvres diverses de Fontenelle. *La Haye*, 1728, 3 *vol. in-4°. m. bl. fig. de B. Picart.*

511. Œuvres diverses de Fontenelle, avec les fig. de Bern. Picart. *Amst.* 1743, 3 *vol. in-fol. v. éc. fil. d. f. t.*

512. Œuvres de Boulanger. *Amsterdam*, 1794, 6 *vol. in-8° en feuilles.*

513. Œuvres de Beauchamps, contenant les Lettres d'Héloïse & d'Abailard mises en vers. === Imitation du Roman grec de Théodore Prodromus, intitulé Rhodante & Dosiclès. === Les Amours d'Ismene & d'Isménias. *Paris*, 1738, 46 *&* 43, 3 *tomes en un vol. in-12, v. f. f. d. f. t.*

514. Œuvres de Pompignan. *Paris*, 1784, 6 *vol. in-8°. v. éc. dent.*

515. Œuvres de M. Thomas, de l'Acad. Françoise. *Paris*, 1773, 4 *vol. in-8°. m. r. Pap. d'Holl.* Il n'y a eu que 50 exemplaires tirés sur ce papier.

516.

No 516. oeuvres de Villette . ch . Caillard

516. Œuvres du Mis. de Villette. *Edimbourg*, (*Paris*), 1788, in-8°. *Pap. d'Holl.* broché. — — — — — — 2 — 19 9

517. Opere di Nic. Machiavelli. *Nell' Haia*, 1726, 4 vol. in-12, v. m. — 9 — 10

518. Réflexions de Machiavel sur la Ire. décade de Tite-Live, traduites par M. Menck. *Paris*, *Didot aîné*, 1782, 2 vol. in-8°. v. f. *Pap. d'Annonay.* — — — — — 8

519. Œuvres complettes de Geſſner. 3 vol. in-18, fig. m. r. dent. — — — — — 7 — 13

gâté   520. The Works of Joseph Addiſon. *Birmingham*, J. Baskerville, 1761, 4 vol. in-4°. v. racine. — — 70 —

521. The Works of Algernon Sidney. *London*, 1772, in-4°. v. f. — — — — — 15 — 1.

522. Œuvres diverſes de Locke. *Amſterdam*, 1732, 2 vol. in-12, v. m. — — — — 2 — 12

523. The Works of Bolingbroke published by David Mallet. *London*, 1754, 5 vol. in-4°. v. m. — — 47 — 19

524. The Miſcellaneous Works of Conyers Middleton. *London*, 1752, 4 vol. in-4°. v. b. — — 13 —

525. Eſſays and Treatiſes on ſeveral Subjects, by David Hume. *London*, 1758, in-4°. v. f. — — 5 —

526. C. Plinii Secundi Epiſtolæ & Panegyricus Trajano dictus. *Pariſiis*, *Barbou*, 1769, in-12, v. m. — — 1 — 10

527. Lettres de Roger de Rabutin, Comte de Buſſi. *Paris*, 1737, 7 vol. in-12, v. f. d. ſ. t. — — 14 — 11

528. The Letters of Junius. *London*, 1774, 2 vol. in-12, v. m. — 4 — 19

HISTOIRE.

l'homme   529. Claudii Ptolemæi Alexandrini Geographicæ enarrationis libri octo, ſtud. Mich. Serveti *Lugduni*, 1535, in-fol. fig. m. r. Exemplar elegans libri Rari. — — 31 — 19

530. Geographia ſacra, ſive Notitia antiqua dioceſium omnium, Patriarchalium & Epiſcopalium veteris Eccl. auct. Car. a Sancto Paulo, cum notis L. Holſtenii. *Amſtel.* 1704, in-fol. fig. br. Ch. Mag. — — 5 — 2 9

l'homme   531. Cours des principaux Fleuves & Rivières de l'Europe, *2 Exempl.* compoſé & imprimé par Louis-Quinze. *Paris*, *de l'Impr. du Cabinet de ſa Majeſlé*, 1718, in-8°. en feuilles. — 10 — 1 — 3

E   *Deux Exemplaires*

l'homme 531. 7 exempl. a 10 — 1

532. Hiſtoire des Voyages, par l'abbé Prévoſt. *Paris*, 1759, *in*-4°. *fig. v. m.* Les tomes 15 & 18.

533. Relations de divers Voyages curieux, par M. Thévenot. *Paris*, 1696, 2 *vol. in-fol. fig. v. br.*

534. Voyage autour du Monde, par M. de Bougainville. *Paris*, 1771, *in*-4°. *v. m.*

535. An account of the Voyages undertaken for making diſcoveries in the Southern Hémiſphere, by Commodore Byron, Captains Wallis and Cook, and publiſhed by Hawkeſworth. *London*, 1773, 3 *vol. in*-4°. *fig. v. ſ.*

536. A Voyage to the pacific Ocean in the years 1776 to 1780, by James Cook. *London*, 1784, 3 *vol. in*-4°. *fig. br.& Atlas in-fol.* To which, is added a Narrative of the death of Captain Cook, by David Samuel. *London*, 1786, *in*-4°. *br.*

537. Voyages faits principalement en Aſie, dans les XII, XIII, XIV & XVe. ſiècles, recueillis par P. Bergeron. *La Haye*, 1735, *in*-4°. *fig. v. ſ.*

538. Voyage au Levant, en Moſcovie, Tartarie & Perſe, par Corneille le Brun. *Paris*, 1714, 3 *tom. rel. en* 2 *vol. in-fol. fig. v. br.*

539. Voyage au Levant, par Corneille le Brun. *Paris*, 1714, *in-fol. fig. v. m. Gr. Pap.*

540. Voyage d'Italie, de Dalmatie, de Grèce & du Levant, par Spon & Wheler. *La Haye*, 1724, 2 *vol. in*-12, *fig.*

541. Relation d'un Voyage du Levant, par Pitton Tournefort. *Lyon*, 1717, 3 *vol. in*-8°. *fig. m. r.*

542. Relation d'un Voyage au Levant, par Pitton de Tournefort. *Paris*, *Impr. Royale*, 1717, 2 *vol. in*-4°. *fig. v. br. Papier Fin.*

543. Journal du Voyage fait à l'Équateur, par M. de la Condamine, & ſupplément. *Paris*, 1751. ═ Meſure des trois premiers Degrés du Méridien, par le même. *Paris*, 1751, 2 *vol. in*-4°. *dem. rel.*

544. Voyage fait par ordre du Roi, en 1768 & 1769, en différentes parties du Monde, pour éprouver en mer les horloges marines, par Fleurieu. *Paris*, *Imp. Roy.* 1773, 2 *vol. in*-4°. *fig. v. m.*

N° 540. Voy. d'Italie. and.

Nº 547. Relation. D. Bouc.

Nº 550 Recueil de Quittanc. Bouc.

Nº 560. list. des Naufrag. B.

545. Voyage de Henri Swinburne dans les Deux Siciles, trad. de l'angl. par de La Borde. *Paris, Didot l'aîné*, 1785, 4 *vol. in-8°. m. r. & br. Pap. Fin.*

546. Voyage de Henri Swinburne dans les Deux Siciles, trad. de l'angl. par de La Borde. *Paris, Didot l'aîné*, 1785, 5 *vol. in-8°. m. r. Pap. Fin.* = Voyage en Espagne, du même. *Paris, Didot*, 1787, *in-8°. m. r. Pap. Fin.*

547. Relations historiques & curieuses des Voyages en Allemagne, Angleterre, Hollande, Bohême, Suisse, par Patin. *Amsterdam*, 1695, *in-12*, *fig. mar. bl. l. r.*

548. Voyage en Allemagne, par Riesbeck. *Paris*, 1788, 3 *vol. in-8°. fig. br.*

549. Voyage en Arabie, avec la Description, par Niebuhr, trad. de l'Allemand. *Amst.* 1776, 2 *vol. in-4°. fig. v. m.*

550. Recueil de Questions proposées à une Société de Savans, qui, par ordre de Sa Majesté Danoise, font le Voyage d'Arabie, par Michaelis, traduit de l'allemand. *Francfort sur le Mein*, 1763, *in-12.*

551. Voyage aux Indes orientales & à la Chine, par Sonnerat. *Paris*, 1782, *in-4°. v. m. fig. col.* Le Tom. 1.

552. Voyage aux Moluques & à la Nouvelle-Guinée, par Forrest. *Paris*, 1780, *in-4°. fig. v. m.*

553. Relation des Isles Pellew, trad. de G. Keate. *Paris*, 1788, *in-4°. fig. v. m.*

554. A Voyage from England to India, in the year 1754, by Edward Ives. *London*, 1773, *in-4°. fig. br.*

555. Voyage en Sibérie par l'abbé Chappe. *Paris*, 1768, 3 *vol. gr. in-4°. fig. v. éc. fil. & Atlas in-fol.*

556. Voyage au Cap de Bonne-Espérance, & autour du Monde, par André Sparrman. *Paris*, 1787, 2 *vol. in-4°. fig. v. rac.*

557. Voyage de M. Levaillant dans l'intérieur de l'Afrique par le Cap de Bonne-Espérance, dans les années 1780 à 85. *Paris*, 1790, 2 *vol. in-8°. fig.*

558. Voyage fait dans l'Amérique septentrionale, par de Chabert. *Paris, Imp. Roy.* 1753, *in-4°. v. b.*

559. Voyage à la Martinique, par Chanvalon. *Paris*, 1763, *in-4°. v. m.*

560. Histoire des Naufrages. *Paris*, an III, 3 *vol. in-8°. br.*

561. Essai chronologique sur l'Histoire chronologique de plus de 80 Peuples de l'Antiquité, par M. de La Borde. *Paris, Didot aîné, 1788, 2 vol. in-4°. Pap. Vél.*

562. Discours sur l'Histoire universelle, par Bossuet, pour l'éduc. du Dauphin. *Paris, Didot l'aîné, 1784, 4 vol. in-18, br. Pap. Vél.*

563. Discours sur l'Histoire universelle, par Bossuet. *Paris, Didot l'aîné, 1786, 2 vol. in-8°. br. Pap. Vél.*

564. Introduction à l'Histoire moderne, générale & politique de l'Univers, par Puffendorff, revue par de Grace. *Paris, 1753, 8 vol. in-4°. v. f. Gr. Pap. d'Holl.*

565. Histoire universelle, par d'Aubigné. *Maillé, 1616, 3 tom. rel. en 2 vol. in-fol. v. b.*

566. Recueil d'Histoires sacrées & profanes, par l'abbé de Choisy. *Paris, 1729, in-12, v. f.*

567. Eusebii Pamphili, Socratis & Theodoreti Historia ecclesiastica, græcè. *Lut. Parif. Rob. Stephanus, 1544, in-fol. m. verd.*

568. Histoire de l'Église, Romaine & de Constantinople, par Cousin. *Paris, 1675, 13 vol. in-4°. v. b.*

569. Gallia Christiana, in Provincias Ecclef. distributa, studio Dionyf. Sammarthani. *Parif. è Typ. Regiâ, 1716, 13 vol. in-fol. v. m. fil.*

570. Histoire des Ordres monastiques & religieux, par le P. Heliot. *Paris, 1714, 8 vol. in-4°. fig. v. b.*

571. L'Alcoran des Cordeliers & la Légende dorée, tant en lat. qu'en françois. *Amsterdam, 1734, 3 vol. in-12, v. f. fig. de Bern. Picart.*

572. Histoire du Clergé séculier & régulier. *Amsterdam, 1716, 4 vol. in 8°. fig. vel.*

573. Les Vies des Saints Pères des déserts, trad. en franç. par Arnauld d'Andilly. *Paris, 1688, 3 vol. in-8°. m. r.*

574. Histoire de l'Église, par Basnage. *Rotterdam, 1699, 2 vol. in-fol. v. br.*

575. Conformité des Coutumes des Indiens orientaux, avec celles des Juifs & des autres peuples de l'antiquité. *Bruxelles, 1704, in-12, fig. v. m.*

576. Conformités des Cérémonies modernes avec les anciennes. *Amst. 1744, 2 vol. in-12.*

577. Traité des anciennes Cérémonies, ou Histoire con-
tenant leur naissance, &c. *In-8°. v. f.*			2 ... 2 ..

578. Manichæismus ante Manichæos, auct. M. Jo. Christ.
Wolfio. *Hamburgi*, 1707, *in-8°. v. m.* — — — —			1 ... 10 ..

579. Histoire critique de Manichée & du Manichéisme, par
de Beausobre. *Amst.* 1734, 2 *vol. in-4°. v. m.* — — —			25

580. Essai sur la Secte des Illuminés, par de Luchet. *Paris*,
1789, *in-8°. en feuilles.* *2 exemplaires.*			2 ...

581. Histoire des Juifs trad. du grec de Flavius Joseph,
par Arnauld d'Andilly. *Bruxelles*, 1701, 5 *vol. in-8°.*
fig. v. b. — — — — — —			26 ...

582. Œuvres de MM. Rollin & Crevier, contenant l'Histoire
Ancienne, l'Histoire Romaine, le Traité des Etudes,
& l'Histoire des Empereurs. *Paris*, 1740, 22 *vol. in-4°. v. m.*			128 ...

583. Dictys Cretensis & Dares Phrygius de Bello Trojano,
cum notis variorum. *Amstelodami*, 1702, *in-8°. v. b.* —			7 ... 1 .

584. Xenophontis Opera omnia, gr. & lat. operâ Jo.
Leunclavii. *Lut. Paris. Typ. Reg.* 1625, *in-fol. vel.* — —			12 ...

585. Xenophontis Opera omnia, gr. & lat. *Glasguæ*, 1767,
12 *vol. in-12*, *v. f.* — — — — —			30 ... 16 ..

586. Xenophontis de Cyri Institutione & Expeditione libri,
gr. & lat. stud. Th. Hutchinson. *Oxonii*, 1727, 2 *vol.*
in-4°. v. b. —			20 ... 2 ..

587. Xenophontis de Cyri Institutione libri octo, gr. &
lat. stud. Th. Hutchinson. *Oxonii*, 1727, *in-4°. v. m.* —			5 ... 19 ..

588. Arrianus de Expeditione Alexandri Magni, gr. & lat.
cum notis variorum. *Amstelodami*, 1668, *in-8°. vel.* — —			5 ... 8 ..

589. Quintus Curtius de rebus gestis Alexandri Magni.
Londini, Tonson, 1716, *in-12*, *v. f. Ch. Mag.* = Velleii
Paterculi Historia Romana. *Londini, Tonson*, 1717,
in-12, v. f. Ch. Mag. — — — — —			7 ...

590. Gérard. Jo. Vossius de Historicis græcis & latinis.
Lugd. Bat. 1651, 2 *vol. in-4°. v. f.* — — —			9 ...

591. Les Antiquités Romaines de Denys d'Halicarnasse,
trad. par Bellanger. *Paris*, 1723, 2 *vol. in-4°. v. b.*
Gr. Pap. — — — —			24 ...

592. L. Annæus Florus. *Lugd. Bat. apud Elzevirios*, 1638,
in-12, vel.			3 ...

593. L. An. Flori Historiæ, cum notis variorum. *Amstelo-*
dami, 1660, *in-8°. vel.*

594. Luc. Annæus Florus & Luc. Ampelius. *Londini,
Tonson*, 1715, *in-*12, *v. m.*

595. Histoire de Polybe, trad. du grec par Dom Vincent
Thuillier, avec les Commentaires de Folard. *Paris*,
1727, 6 *vol. in-*4°. *fig. v. f. Gr. Pap.*

596. C. Crispi Sallustii Historiæ. *Edinburgi, Hamilton*,
1755, *in-*12. *v. f.*

597. Histoire de la République Romaine, dans le cours
du VIIe siècle, par Salluste, trad. par de Brosses.
Dijon, 1777, 3 *vol. in-*4°. *fig. v. m.*

598. C. Julii Cæsaris quæ extant. *Lugd. Bat. ex Offic. Elzev.*
1635, *in-*12, *vél.*

599. Commentaires de César, en lat. & en franc. trad.
par Turpin de Crissé. *Montargis*, 1785, 3 *vol. gr.
in-*4°. *fig. v. f.*

600. La Guerre des Suisses, trad. de Jules César, par
Louis XIV. *Paris, Imp. Roy.* 1651, *in-fol. fig. v. f.*

601. C. Corn. Taciti Opera. *Lugd. Bat. ex Offic. Elzeviriand,*
1640, 2 *vol. in-*12, *m. r. doub. de m. r. dent. l. r.*

602. C. Corn Taciti Opera. *Parisiis, Barbou*, 1760,
3 *vol. in-*12, *v. b.*

603. C. Corn. Taciti Opera, ex recensione Gab. Brotier.
Parisiis, 1771, 4 *vol. in-*4°. *v. éc.*

604. C. Corn. Taciti Opera, ex recens. Gab. Brotier.
Parisiis, 1776, 7 *vol. in-*12, *v. m.*

605. Tibere ou les six premiers livres des Annales de
Tacite, trad. par La Bleterie. *Paris*, 1768, 3 *vol. in-*12,
fig. v. m. Pap. Fin.

606. Opere di Corn. Tacito, tradotte da Bern. Davanzati.
In Parigi, 1760, 2 *vol. in-*12, *v. m.*

607. Histoire de Dion Cassius de Nicée, abrégée par
Xiphilin, traduite du grec par Boisguilbert. *Paris,*
1674, 2 *vol. in-*12.

608. Ammianus Marcellinus, cum notis Gronovii. *Lugd.
Bat.* 1693, *in-fol. fig. vél.*

609. Histoire des grands Chemins de l'Empire romain,
par Bergier. *Bruxelles*, 1736, 2 *vol. in-*4°. *fig. v. f.*

610. Histoire de Constantinople, depuis le regne de l'Ancien
Justin jusqu'à la fin de l'Empire, par Cousin. *Paris,*
1685, 8 *tom. rel. en* 9 *vol. in-*12, *m. verd. dent.*

607. Dion cassius. Cc. Bouch.

N° 609. Grandsclemins. Bouc. ac.tt

N° 616. antiq. de la nation. Bouc.

N° 621. Traité de la Loi. B.

N° 624. Davila. M. caillard
N° 625. St Louis. M. caillard
N° 626. St Louis. M. caillard
N° 627. Raoul de muey. M. caillard

611. Histoire de l'Empire de Constantinople, par Geof. de Ville-Hardouin. *Paris, Imp. Roy.* 1657, *in-fol. v. b.*

612. Notitia dignitatum Imperii Romani, auct. Ph. Labbe. *Parisiis*, 1651, *in-12, v. f.*

613. Della Istoria d'Italia di M. Francesco Guicciardini. *In Venezia,* 1738, *2 vol. in-fol. v. m. Gr. Pap.*

614. Antiquitates Italicæ medii ævi, auct. Lud. Ant. Muratorio. *Mediolani,* 1738, *6 vol. in-fol. v. m.*

615. Dictionnaire Historique & Géographique des Gaules & de la France, par Expilly. *Paris,* 1762, *6 vol. in-fol. v. m.*

616. Antiquité de la Nation & de la Langue des Celtes, par Pezron. *Paris,* 1703, *in-12, v. b.*

617. Recherches sur la France, par Estienne Pasquier. *Amst.* 1723, *2 vol. in-fol. v. b.*

618. Etat de la France, par Boulainvilliers. *Londres,* 1727, *3 vol. in-fol. v. b.*

619. Recueil des Historiens des Gaules & de la France, par Dom Mart. Bouquet. *Paris,* 1738, *12 vol. in-fol. v. m.*

620. Historiæ Normannorum Scriptores Antiqui, edente And. Duchesne. *Lut. Paris.* 1619, *in-fol. v. m.*

621. Traité de la Loi Salique, Armes, Blasons & Devises des François, par C. Malingre. *Paris,* 1614, *in-8°. m. verd.*

622. Pièces fugitives pour servir à l'Histoire de France. *Paris,* 1759, *3 vol. in-4°. v. m.*

623. Historia delle Guerre Civili di Francia di Henr. Cat. Davila. *In Parigi, nella Stamp. Reale,* 1644, *2 vol. in-fol. m. r. dent.*

624. Histoire des Guerres Civiles de France, trad. de Davila. *Amsterdam,* 1757, *3 vol. in-4°. v. éc.*

625. Histoire de Saint-Louis, par de Joinville, pub. par Du Cange. *Paris,* 1668, *in-fol. v. b.*

626. Histoire de Saint-Louis par Joinville. *Paris,* 1761, *in-fol. v. m.*

627. Mémoires Historiques sur Raoul de Coucy. *Paris,* 1781, *2 vol. in-8°. fig. m. r.*

628. Histoire de la Maison de Bourbon, par Desormeaux. *Paris, Imp. Royale,* 1772, *5 vol. in-4°. fig. v. éc.*

629. Histoire de Louis XI, par Duclos. *Paris,* 1745, *4 vol. in-12, v. m.*

630. Mémoires de Messire Philippe de Comines, avec les Notes de Godefroy & de l'abbé Lenglet du Fresnoy. *Paris*, 1747. 4 *vol. in-4°. v. m. Gr. Pap.*
   Avec les Portraits d'Odieuvre.

631. Mémoires de l'état de France sous Charles IX. 1578, 6 *vol. in-8°. vél.* ═ Chronologie novennaire, par Cayet. *Paris*, 1608, 3 *vol. in-8°. v. br.*

632. Les Mémoires de Castelnau. *Bruxelles*, 1731, 3 *vol. in-fol. v. m.*

633. Mémoires de Condé, pour servir à l'Hist. de France, sous les Règnes de François II, &c. *Londres*, 1743, 6 *vol. in-4°. v. m. Gr. Pap.*

634. Recueil des Choses mémorables advenues sous la Ligue. 1587, 2 *vol. pet. in-8°. m. r.*

635. Histoire publique & secrette de Henri Quatre, par Dugour. *Paris*, 1790, *in-8°. en feuilles.*

636. Mémoires & Vie de Duplessis Mornay. 1624, 5 *vol. in-4°. v. br.*

637. Philippiques contre les Bulles, & autres pratiques de la faction d'Espagne. *Tours*, 1592, *in-8°. m. r.*

638. Mémoires de Maximilien de Béthune, Duc de Sully, avec les Remarques de l'abbé de l'Écluse. *Londres*, 1747, 3 *vol. in-4°. v. m. Gr. Pap.*
   Avec les Portraits d'Odieuvre.

639. Les Négociations de M. le Président Jeannin. *Amst.* 1695, 4 *vol. in-12.*

640. Histoire du Règne de Louis XIII, par Griffet. *Paris*, 1758, 3 *vol. in-4°. v. f. Gr. Pap.*

641. Histoire du Maréchal de Gassion. *Amst.* 1696, 2 *vol. in-12, v. m.*

642. Mémoires de M. de la Rochefoucault sur les Brigues à la mort de Louis XIII, &c. *Cologne*, 1662, *in-12, m. r.*

643. Diverses Lettres écrites à M. le Marquis de Châteauneuf, premier Ministre du royaume, pendant les années 1650 & 1651. *in-4°. v. f.*
   Parmi ces Lettres il s'en trouve plusieurs originales d'Anne d'Autriche, de Mazarin & du Cardinal Barberin.

644. Histoire du Vicomte de Turenne, par de Ramsay. *Amst.* 1749, 4 *vol. in-12, fig. 'v. br.*

645.

No 630. concines. C. Caill.

No 635. Histoire publique. B.

645. Les Mémoires de Roger de Rabutin, Comte de Buffi. *Amſt.* 1721, 3 *vol. in* 12, *v. m. fil.* — — — — — 8....

646. Mémoires & Lettres de Madame de Maintenon. *Amſt.* 1755, 15 *vol. in-12, v. m. Pap. d'Hollande.* — — — 16...

647. Hiſtoire Militaire du Règne de Louis-le-Grand, Par de Quincy. *Paris,* 1726, 7 *vol. in-4ª. fig. v. m.* 12....

648. Médailles ſur les principaux Évènemens du Règne de Louis-le-Grand, avec des Explications hiſtoriques. *Paris, Impr. Roy.* 1723, *in-fol. fig. m. r.* Avec la Préface. 21....

649. Hiſtoire des Conquêtes de Louis XV, par Dumortous. *Paris,* 1759, *in-fol. fig. m. r. Gr. Pap.* — — — 20... 19.1

650. Alſatia illuſtrata, Celtica, Romana, Francica ; auct. Jo. Dan. Schoepflinus. *Colmariæ,* 1751, 2 *vol. in-fol. fig. v. m. Ch. Mag.* — — — — 12.... 1.

651. Les Annales d'Aquitaine, par Bouchet. *Poitiers,* 1644, *in-fol. v. br.*

652. Hiſtoire de Béarn, par P. de Marca. *Paris,* 1640, *in-fol. v. br.* } 3....

653. De l'Origine des Bourgongnons, par de St.-Julien. *Paris,* 1581, *in-fol. v. f.* — — — — —

654. Eſſai ſur l'Hiſtoire des premiers Rois de Bourgogne, ſur l'origine de la ville de Dijon. = Hiſtoire des Séquanois. = Hiſtoire de la ville de Beaune. 4 *vol. in-4º. fig. v. m.* } 6.... 3....

655. Hiſtoire des Séquanois & de la province Séquanoiſe des Bourguignons, par Dunod. *Paris,* 1735, 3 *vol. in-4º. v. m.* — — — — 6....

656. Hiſtoire de Dauphiné & des Princes qui ont porté le nom de Dauphins. *Genève,* 1722, 2 *vol. in-fol. v. br.* 3.... 4

657. Annales de la province & comté d'Hainau, par Ant. Ruteau. *Mons,* 1648, *in-fol. v. br.* }

658. Deſcription hiſtorique de Dunkerque, par P. Faulconnier. *Bruges,* 1730, *in-fol. fig. m. r.* } 10.... 19.

659. Deſcription de la Lorraine & du Barrois, par Durival. *Nancy,* 1779, 4 *tom. rel. en* 2 *vol. in-4º. v. m.* 2.... 19..

660. Hiſtoire de Verdun, du Gaſtinois, de Rochefort, & Annales de Calais. 4 *vol. in-4º. rél.* — — — 3.... 19..

661. Hiſtoire générale de Normandie, par G. du Moulin. *Rouen,* 1631, *in-fol. v. br.* 4.... 14..

662. Hiſtoire ſommaire de Normandie, par Maſſeville. *Rouen,* 1698, 6 *vol. in-12, v. f.* — — — 6.... 1..

663. Deſcription hiſtorique & géographique de la Haute- 6.... 19..

648. Double ſans préface .... 9.... D

649. Double .... 10....

661. Double gâté ...... 2....

Normandie. 2 *vol.* ═ Mémoires concernant l'Histoire d'Auxerre, par le Bœuf. 2 *vol.* ═ Histoire de la ville de la Rochelle. 1756, 2 *vol. in-4°. v. m.*

664. Tableau de l'Hist. des Princes & Principauté d'Orange. *La Haye.* 1740 , *in-fol. fig. baf.*

665. Annales de la Ville de Toulouse, par la Faille. *Toulouse,* 1687, 2 *vol. in-fol. baf.*

666. Notitia utriufque Vafconiæ, auct. Arn. Oihenarto. *Parifiis,* 1638 , *in-4°. v. m.*

667. Notice & Table des Diplomes, des Chartes, relatives à l'Histoire de France, par MM. de Foy & de Brequigny. *Paris,* 1765 , 3 *vol. in-fol. v. m.*

668. Histoire de la Milice françoife, par le Père Daniel. *Amft.* 1724 , 2 *vol. in-4°. fig. v. m.*

669. Traité historique des Monnoies de France , avec la Differtation, par Le Blanc. 2 *vol. in-4°. fig. v. b.*

670. Atlas Germaniæ fpecialis , feu Imperium Romano-Germanicum, fecundum fuos Circulos, Electoratus, &c. auct. Jo. Bapt. Homanno. 1735 , *in-fol. max. v. fig. col.*

671. Nouvel Abrégé chronologique de l'Histoire & du Droit public d'Allemagne, par de Pfeffel. *Paris,* 1776 , 2 *vol. in-4°. m. r. Pap. d'Holl.*

672. Le Grand Théâtre facré du Brabant. *La Haye,* 1734, *in-fol. fig. Gr. Pap.* Tom. 1, feconde partie.

673. La Grande Chronique ancienne & moderne de Hollande, Zélande, &c. par Fr. Le Petit. *Dordrecht,* 2 *vol. in-fol. vél.*

674. Annales des Provinces-Unies, par Bafnage. *La Haye,* 1719, *in-fol. v. f. Gr. Pap.*

675. Histoire de la Guerre de Flandre, trad. de Strada, par P. Du-Ryer. *Paris,* 1659, 2 *vol. in-fol. v. m.* On a inféré dans cet exemplaire des Figures de Romain de Hooge, & des Portraits qui ne s'y trouvent pas ordinairement.

676. Mémoires de Frédéric-Henri , prince d'Orange. *Amft.* 1733 , *in-4°. v. m.*

677. Tableaux topographiques & pittorefques de la Suiffe. *Paris,* 1780, 2 *vol. in-fol. fig. v. m.* ═ Les Livraifons 37—43 de Figures & de Difcours, *in-fol. br.*

678. Histoire générale d'Espagne, trad. de l'efp. de Mariana. *Paris,* 1725, 6 *vol. in-4°. v. m.*

Nº 677. Tabl. de la Suisse. C. Berf. aho

No 647. a complete. B.

No 691. The Statutes. B

679. Histoire des Révolutions d'Espagne, par le P. d'Orléans. *Paris*, 1734, 3 *vol. in-4°. v. éc.* - -   5. ª

680. Marca Hispanica, sive Limes Hispanicus, hoc est Geographica & Historica Descriptio Cataloniæ, & circumjacentium Populorum, auct. Petro de Marca. *Parisiis*, 1688, *in-fol. v. m. Ch. Mag.* -   8.

681. Histoire de Portugal, par de La Clede. *Paris*, 1735, 2 *vol. in-4°. v. f.*   10. 2.²

682. Britannia, or a Geographical Description of great Btitain and Ireland, by Will. Camden. *London*, 1772, 2 *vol. in-fol. fig. peau de truie.* Super. Ex. rel. par Derome.   83.

683. A Collection of State Papers of John Thurloe, &c. by Th. Birch. *London*, 1742, 7 *vol. in-fol. v. b.*   18.

684. The Statutes at large from magna charta, to the sixteenth year of the reign of King George the Third, with a copious Index. *London*, 1769, 12 *vol. in-4°. v. f. d. f. t.*   59. 1.

685. The Heads of the Kings of England, proper for M. Rapin's History, translated by N. Tyndal, with ornemens by G. Vertue. *Lond.* 1736, *in-fol. br. en cart. Ch. Max.*   40. D.

686. The Heads of the most illustrious Persons of Great Britain, taken from the best original paintings in the Royal Palaces, &c. Engraved by the best Masters. *In-fol. max. m. r.* Belles épreuves. -   84. 10 D.

687. A complete collection of state trials and proceedings for high-treason and others crimes, pub. by Fr. Hargrave. *London*, 1776, 11 *tom. rel. en 6 vol. in-fol. dem. rel.*   47. 19 D.

688. Oxonia illustrata, sive omnium celeberrimæ istius Universitatis collegiorum nec non torius urbis Scenographia. *Oxoniæ*, 1675, *in-fol. fig. vél. Ch. Mag.*   24.

689. Histoire de Marie Stuart, Reine d'Ecosse & de France. *Londres*, 1742, 2 *vol. in-12, v. f.*   4. 15.

690. Histoire d'Irlande, par Ma-Geoghegan. *Paris*, 1758, 3 *vol. in-4°. v. m.*   6. 8.

691. The Statutes at large, passed in the Parliament hold in Ireland. *Dublin*, 1765, 8 *vol. in-fol. vél.*   120. D.

692. Histoire de la derniere Révolution de Suède, par Sheridan, traduite de l'Anglois. *Londres*, 1783, *in-8°.*   3.

693. Histoire physique, morale, civile & politique de la Russie ancienne & moderne, par Le Clerc. *Paris*, 1783, 6 *vol. in-4°. & Atlas in-fol. fig. v. m. Pap. Fin.*   38. 1.

F 2

679. Double - 1 v. f. d'usé, portrait relié   7.

681. Double. moins beau   10. 1.

694. Histoire générale des Huns, des Turcs, des Mogols, &c. par de Guignes. *Paris*, 1756, 5 *vol. in-4°. v. m.* Manque le tom. 4.

695. Bibliothèque Orientale, par d'Herbelot. *Paris*, 1697, *in fol. v. b.*

696 Bibliothèque Orientale, par d'Herbelot, avec le Sup. *Maestricht*, 1776, *in fol. br. Gr. Pap.*

697. Mémoires du Baron de Tott, sur les Turcs & les Tartares. *Amsterdam*, 1785, 2 *vol. in-4°. fig. v. m.*

698. Histoire de la Guerre entre la Russie et la Turquie, & particulièrement de la Campagne de 1769. *Saint-Pétersbourg*, 1773, *in-4°. fig. v. m.*

699. Had. Relandi Palæstina ex Monumentis veteribus illustrata. *Traj. Bat.* 1714, 2 *vol. in-4°. v. b.*

700. Histoire générale des Royaumes de Chypre, de Jérusalem, &c. par D. Jauna. *Leyde*, 1747, 2 *vol. in 4°. v. m.*

701. Description Hist. & Géogr. de l'Inde, par Jean Bernoulli. *Berlin*, 1786, 5 *vol. in-4°. fig. v. m.*

702. Ahmedis Arabsiadæ Vitæ & Rerum gestarum Timuri, qui vulgò Tamerlanes dicitur Historia, arab. & lat. cum notis Sam. H. Manger. *Leovardiæ*, 1767, *in-4°. dem. rel.* Tomus primus.

703. Histoire de Timur-Bec, connu sous le nom de Tamerlan, par Petis de la Croix. *Paris*, 1722, 4 *vol. in-12, v. f.*

704. Nouveaux Mémoires sur l'état présent de la Chine, par le P. Le Comte. *Paris*, 1697, 3 *vol. in-12, fig. v. éc.*

705. Mémoires concernant les Chinois. Tome XI. *Paris*, 1786, *in-4°. br.*

706. Athanasii Kircheri China monumentis illustrata. *Amstel.* 1667, *in-fol. fig. v. b.*

707. La Chine illustrée, trad. du latin, d'Athanase Kircher. *Amst.* 1670, *in-fol. fig. v. m.*

708. Abrégé Historique des principaux Traits de la vie de Confucius. *Paris.* === Faits Mémorables des Empereurs de la Chine. *Paris.* = Seize Estampes représentant les Conquêtes de l'Empereur de la Chine. *In-fol. br. en cart.*

709. The History of Japan, giving an account of the ancient and présent state of that Empire, by Kempfer. *London*, 1727, 2 *vol. in-fol. fig. m. r. dent. Gr. Pap.*

710. Histoire Naturelle, Civile & Ecclésiastique de l'Em-

Nᵒ 696. Bibl. vieux de M. Caillard

Nᵒ 702. ahmed arab/iaden. B

pire du Japon, trad. de Kempfer, par Scheuchzer. *La Haye*, 1729, 2 *vol. in-fol. fig. v. b. Gr. Pap.*

711. Hiſtoire & Deſcription du Japon, par le Père Charlevoix. *Paris*, 1736, 2 *vol. in-4°. v. m.* ... *8 .... 1.*

712. Ambaſſades des Hollandois vers l'Empereur du Japon. *Leide*, 1686, 2 *vol. in-12, m. verd.* ... *3 .... 9*

713. Hiſtoire abregée de la Mer du Sud, par de la Borde. *Paris, Didot*, 1791, 3 *vol. in-8°. br.* ... *7 ...*

714. Mémoires ſur l'Egypte ancienne & moderne, par d'Anville. *Paris, Imp. Roy.* 1766, *in-4°. fig. br.* ... *8 ...*

715. Deſcription du Cap de Bonne-Eſpérance, par Kolbe. *Amſterdam*, 1741, 3 *vol. in-12, fig.* ... *6 .... 1..*

716. Hiſtoire de la Nouvelle France, par le P. Charlevoix. *Paris*, 1744, 3 *vol. in-4°. v. f.* ... *6 .... 7..*

717. Hiſtoire de l'Iſle de St. Domingue, par le P. Charlevoix. *Paris*, 1730, 2 *vol. in-4°. v. m.* ... *4 ..*

718. The Hiſtory of the late war in North-America, by Th. Mante. *London*, 1772, *in-4°. fig. v. m.* Avec beaucoup de Plans & Cartes coloriées. ... *5 ...*

719. Hiſtoire de la dernière Guerre entre la Grande Bretagne & les Etats-Unis de l'Amérique. *Paris*, 1787, *in-4°. br.* ... *4 .... 19 ♦*

720. Armorial général de la France, par d'Hozier. *Paris*, 1738, 9 *vol. in-fol. fig. v. m.* ... *24 ...*

721. Nobiliaire de Picardie. *Gr. in-folio, v. m.* ... *35 .... 19.*

722. Nobiliaire de Picardie, par Haudicquer de Blancourt. *Paris*, 1693, *in-4°. v. b.* ... *3 ...*

723. Nobiliaire des Familles du Parlement de Paris. *Gr. in-fol. Manuſcrit.* ... *4 ...*

724. Hiſtoire Généalogique de la maiſon d'Harcourt, par de La Roque. *Paris*, 1662, 4 *vol. in-fol. v. b.* ... *6 .... 3..*

725. Recueil des Alliances de la Famille de Colanges. *In-4°. m. r.* Manuſcrit ſur papier avec les Blaſons coloriés. ... *1 .... 10..*

726. L'Antiquité expliquée & repréſentée en figures, par le Père Montfaucon. *Paris*, 1719 & 1724, 9 *vol. in-fol. v. m.* Sçavoir: Les tomes 2, 4 & 5, première & ſeconde parties, & les 3 premiers vol. du Supplément. ... *64 ...*

727. Recueil d'Antiquités Egyptiennes, Etruſques, Grecques & Romaines, par le Comte de Caylus. *Paris*, 1761, 7 *vol. in-4°. fig. v. éc. fil.* ... *90 ...*

728. Le même Recueil d'Antiquités, par Caylus. *Paris*, 1752, *in-4°. fig. v. b.* Les tomes 1, 2 & 4. ... *13 ...*

5 .... 14..

715 Double ...

Journal encyclopédique ... *26 ... ♦*

Papiers reglés ... *6 .... ♦*

729. Le même Recueil d'Antiquités, &c. Par Caylus. *Paris*, 1752, *in-4°. fig. v. m.* Tom. 1 & 2.

730. Le même Recueil d'Antiquités, &c. Par le même. *Paris*, 1767, *in-4°. fig. v. m.* Tome 7.

731. Joan. Guil. Stuckii Antiquitatum Convivalium libri tres. *Lugd. Bat.* 1695, *in-fol. v. b.*

732. Laur. Pignorii de Servis & eorum apud veteres ministeriis Commentarius. *Amstel.* 1674, *in-12, fig. v. f.*

733. Th. Bartholinus de Armillis veterum, accessit Ol. Wormius de Cornu Danico. *Amstel'.* 1676, *in-12. fig. v. b.*

734. Anselmus Solerius de Pileo. *Amstel.* 1671, *in-12, fig. vél.*

735. Disquisitio de Chirothecarum usu & abusu, a Jo. Nicolai. *Giessæ Hassorum*, 1701, *in-12, v. b.*

736. Hier. Mercurialis de Arte gymnasticâ, libri sex. *Venetiis, apud Juntas*, 1573, *in-4°. fig. v. éc. fil. d. f. t.*

737. Octavii Ferrarii de Pantomimis & Mimis Dissertatio. *Wolfenbutellii*, 1714, *in-12.*

738. Histoire du Commerce & de la Navigation des Anciens, par Huet. *Paris*, 1716, *in-12.*

739. Histoire du Commerce & de la Navigation des Anciens, par Huet. *Lyon*, 1763, *in-8°. v. éc. Pap. d'Holl.*

740. Essais sur les Hiéroglyphes des Egyptiens, trad. de Warburthon, par Léonard Desmalpeines. *Paris*, 1744, 2 vol. *in 12, fig. v. f.*

741. Plutarchi de Iside & Osiride liber, gr. & anglicè, stud. Sam. Squire. *Cantabrigiæ*, 1744, *in-8°. m. r.*

742. Historia Religionis veterum Persarum eorumque Magorum, auct. Thomas Hyde. *Oxonii, è The. Sheldon.* 1700, *in-4°. fig. vél.*

743. Julii Reichelti Exercitatio de Amuletis. *Argentorati*, 1676, *in-4°. fig. v. f.*

744. Novus Thesaurus Antiquitatum Romanarum, congestus ab Alb. Henr. de Sallengre. *Hagæ Comit.* 1716, 3 vol. *in-fol. fig. v. f.*

745. Justus Rycquius de Capitolio Romano. *Lugd. Bat.* 1669, *in-12, fig. v. b.*

746. Jo. Kirchmannus de Funeribus Romanorum. *Lugd. Bat.* 1672, *in-12, fig. v. b.*

747. Antiquitates selectæ Septentrionales & Celticæ, auct. Jo. G. Keysler. *Hanoveræ*, 1720, *in-12, v. f.*

748. Novus Thesaurus veterum Inscriptionum, collectore

Nº 740. Plai (?) Hieroglyphes. Bone.

Lud. Ant. Muratorio. *Mediolani*, 1739, 3 *vol. in-fol.
fig. v. m. Ch. Mag.*

749. Marmora Oxoniensia ex recens. R. Chandler. *Oxonii,
è Typ. Clarend.* 1763, *in-fol. max. fig. v. m. dent.* — ·   62 … 19.

750. La Science des Médailles, par le P. Jobert. *Paris,*
1739, 2 *vol. in-12. fig. v. m.* — — — — — — ·   9 … 19..

751. Introduction à la Science des Médailles, pour servir
à la connoissance des Dieux, de la Religion, & de
tout ce qui appartient à l'Histoire ancienne, par Th.
Mangeart. *Paris,* 1763, *in-fol. fig. v. m. Gr. Pap.* — —   17 …

752. Thesaurus Morellianus, sive Familiarum Romanarum
Numismata omnia, stud. And. Morelli. *Amstelodami,*
1734, 2 *vol. in-fol. fig. v. b.* — — — · · — — ·   18 …

753. J. P. Bellorii Annotationes in XII priorum Cæsarum
Numismata. *Romæ,* 1730, *in-fol. fig. vél.* — · — · ·   5 …

754. Recueil général des Pièces obsidionales & Monnoies
des Barons, par Tob. Duby. *Paris,* 1786, 3 *vol. in-4°.
fig. v. m. Gr. Pap.* — · — — — · · — — · · · .24 … 5..

755. Athanasii Kirkeri Latium. *Amstel.* 1671. ═ Ejusdem
Arca Noë. *Amstel.* 1675, *in-fol. fig. m.. cit.* — —   16 … 19..

756. Vestigi delle Antichita di Roma, Tivoli, Pozzuolo
& altri Luoghi. *In Praga,* Sadeler, 1606, *in-4°. oblong,
fig. v. br.* — — — — — · — — · — ·   6 … 1.

757. Reliquiæ antiquæ Urbis Romæ, a Bonav. ab Over-
beke. *Amstel.* 1708, *in-fol. max. fig. v. m.* — · ·   42 … 12.

758. L'Anfiteatro Flavio detto il Coliseo descritto da
Carlo Fontana. *Nell' Haia,* 1725, *in-fol. fig. rel. en cart.* · 10 … 2..

759. Colonna Trajana eretta all Imperatore Trajano
Augusto, disegnata & intagliata da Pietro Santi Bartoli.
In Roma, in-fol. oblong, v. m. — · — · — · · 39 …

760. Athan. Kircheri Obeliscus Pamphilius. *Romæ,* 1650,
in-fol. fig. v. b. — — · — · — · — · 12 …

761. Le Pitture antiche d'Ercolano e contorni incise con
qualche Spiegazione. *Napoli,* 1757, 8 *vol. in-fol. m. r.* 529 …

762. Les Ruines de Pæstum ou de Posidonie, par Th.
Major. *Londres,* 1768, *in-fol. fig. en feuilles.* — — · 30 … 1.

763. Raccolta di Statue antiche e moderne data in luce
da Domen. de Rossi. *In Roma,* 1704, *in-fol. rel. en cart.* .30 … 2

764. Traité des Pierres gravées, par P. J. Mariette. *Paris,*
1750, 2 *vol. in-fol. fig. br. en cart.* — — · · 69 …

765. Description des Pierres gravées du Cabinet de M. le .21 … 16..

Duc d'Orléans, par de la Chau & le Blond. *Paris*, 1784, *in-fol. m. vert.* Tome second.

766. Le Cabinet de la Bibliothèque de Sainte-Géneviève, par Claude du Molinet. *Paris*, 1692, *in-fol. fig. v. f.*

767. Recherches curieuses sur la diversité de Langues & Religions, par Brerewood. *Paris*, 1667, *in-*12.

768. Dictionnaire raisonné de Diplomatique, par Dom de Vaines. *Paris*, 1774, 2 *vol. in-*8°. *v. éc.*

769. Histoire des Contestations sur la Diplomatique, avec l'Anal. de cet Ouvrage, par Mabillon. *Naples*, 1767, *in-*8.

770. Diplomatique-Pratique, ou traité de l'arrangement des Archives, par le Moine. *Metz*, 1765, *in-*4°. *v. m.* ⸺ L'Archiviste françois, par Battheney. *Paris*, 1775, *in-*4°. *fig. br.*

771. Histoire de l'Imprimerie & de la Librairie, par Jean de la Caille. *Paris*, 1689, *in-*4°. *v. br.*

772. L'Origine de l'Imprimerie de Paris, par Chevillier. *Paris*, 1694, *in-*4°. *v. br.*

773. Histoire de l'Origine & des Progrès de l'Imprimerie, par Prosper Marchand. *La Haye*, 1740, *in-*4°. *v. m.* ⸺ Supplément audit Ouvrage, par Mercier. *Paris*, 1775, *in-*4°. *v. m.*

774. Histoire & Mémoires de l'Académie des Sciences, savoir : depuis son établissement en 1666 ⸺ 1699. *Paris*, (*Hollande*), 1733, 14 *vol.* ⸺ Depuis 1699 ⸺ 1788, 71 *vol.* ⸺ Savans étrangers, 11 *vol.* ⸺ Tables. *Hollande*, 9 *vol. En tout* 125 *vol. in-*4°. *br.*

775. Histoire & Mémoires de l'Académie des Inscriptions & Belles-Lettres, depuis son établissement jusqu'à présent. *Paris*, de l'Imp. Royale, 1717, 30 *vol. in-*4°. *fig. m. r.*

776. Dissertation sur les Bibliothèques, avec une Table alphabétique des Ouvrages publiés sous le titre de Bibliothèques, &c. *Paris*, 1756, *in-*8°. *v. m.*

777. Histoire Littéraire de la France. *Paris*, 1733, 12 *vol. in-*4°. *v. m.*

778. Mémoires de Littérature, par de Sallengre. *La Haye*, 1715, 2 *vol. in-*12, *v. f.*

779. Continuation des Mémoires de Littérature & d'Histoire, par Desmolets. *Paris*, 1730, 11 *vol. in-*12, *v. f.*

780. Les Bibliothèques de la Croix du Maine & de Duverdier. *Paris*, 1772, 6 *vol. in-*4°. *br.*

No 767 Recherches. Bouc.

No 769. Liste. des contestations. B.

No 770. l'archiviste. B.

781. Bibliothèque historique de la France, par le Long,
publiée par Fontette. *Paris*, 1768, 5 *vol. in-fol. v. m.*   24....1..

782. Bibliothèque universelle, par le Clerc. *Amst.* 1700,
26 *vol. petit in-12.* Manque le tome 11.

783. Bibliothèque choisie, pour servir de suite à la Bibliothèque universelle, par le Clerc. *Amst.* 1712, 28 *vol.
petit in-12.*   23....

784. Bibliothèque ancienne & moderne, pour servir de
suite aux Bibliothèques universelle & choisie, par le
Clerc. *Amst.* 1715, 29 *vol. petit in-12.*

785. Histoire des Ouvrages des Savans, par Basnage.
Amst. 1721, 24 *vol. petit in-12, v. f.*   7...

786. Journal de Paris, depuis 1777, jusqu'en 1794. 52 *vol.
in-4°. dem. rel.* L'année 1786 manque.   18....2.

787. Éphémérides du Citoyen, ou Chronique de l'Esprit
national, par l'abbé Beaudeau & autres. *Paris*, 1765 —
1776, 36 *vol. in-12.*   14...19..
Les années 1773 & 1774 n'ont point été imprimées.

788. Catalogue des Livres imprimés & manuscrits de la
Bibliothèque du Roi. *Paris, de l'Impr. Royale*, 1739,
10 *vol. in-fol. v. m.*   38....19.

789. Catalogue des Livres de Louis Jean Gaignat, par
G. Fr. De Bure le jeune. *Paris*, 1769, 2 *vol. in-8°. v. m.
avec les prix.*   18....19

790. Catalogue de la Bibliothèque du Duc de la Vallière,
par De Bure l'aîné. *Paris*, 1783, 4 *vol. in-8°. br.*   9....19.

791. Bibliotheca Pinelliana, a Catalogue of the magnificent
and celebrated Library of Maffey Pinelli. *Lond.* 1789, *in-8°.*   3.... 2..

792. Diogenis Laertii de Vitis, Dogmatibus & Apophtheg-
matibus clarorum Philosophorum libri X, gr. & lat.
ex recensione Ægidii Menagii. *Amstel.* 1692, 2 *vol. in-4°.
fig. m. cit.*   37....19?

793. Les Vies des plus illustres Philosophes de l'antiquité,
trad. du grec de Diogène-Laërce. *Amst.* 1758, 3 *vol.
in-12, brochés.*   4....1.

794. Plutarchi Chæronensis Vitæ Parallelæ & Apophteg-
mata, gr. & lat. recensuit Aug. Bryanus. *Londini*,
1729, 6 *vol. in-4°. v. br.*   35....12.

795. Œuvres complettes de Plutarque, translatées de grec
en françois, par Jacques Amyot. *Paris, Vescosan*,
1559, 2 *vol. in-fol. v. br. l. r.*   22..

G

46# ... 796. L'Europe illustre, contenant l'Histoire abrégée des Souverains, des Princes & des Dames célèbres en Europe, par Dreux du Radier. *Paris*, 1777, 6 *vol. in-4°. fig. v. éc.*

3 ... 797. La Vie & Faits de Emilio Cabriana, chevalier Italien. 1538, *in-4°. v. m.* Manuscrit sur Vélin.

D 2 ... 798. Mémoires sur la vie & les ouvrages de M. Turgot. *Philadelphie*, 1788, 2 *vol. in-8°. En feuilles.*

D 2 ... 799. Précis historique de la vie de M. de Bonnard, par Garat. *Paris*, 1785, *in-18*, *dem. rel.*

D 16 ... 19 800. Académie des Sciences & des Arts, contenant les Vies & les Eloges historiques des Hommes Illustres, par If. Brulart. *Amsterdam*, 1682, 2 *vol. in-fol. fig. m. r.*

7 ... 801. Joannis Meursi Athenæ Batavæ. *Lugd. Bat.* 1625, *in-4°. fig. v. f.*

3 ... 11 .. 802. Athenæ Oxonienses, or an exact History of all the writers and Bishops who have had their education in the most ancient and famous University of Oxford, by Ant. Wood. *London*, 1721, 2 *tom. en* 1 *vol. in-fol. v. m.*

30 ... 1. 803. Mémoires pour servir à l'Histoire des Hommes illustres dans la République des Lettres, par Niceron. *Paris*, 1729, 44 *vol. in-12.*

1 ... 6. 804. Les Vies des Poetes Grecs, en abrégé, par Le Fevre. *Basle*, 1766, *in-12*, *v. m.*

5 ... 12. 805. Mémoires pour la Vie de Pétrarque. *Amst.* 1764, 3 *vol. in-4°. v. m.*

2 ... 806. Supplément à l'Abrégé de la Vie des plus fameux Peintres, par d'Argenville. *Paris*, 1752, *in-4°. en feuilles.*

63 ... 807. Dictionnaire historique, par Moréri. *Paris*, 1759, 10 *vol. in-fol. v. éc. fil.*

35 ... 10. 808. Nouveau Dictionnaire historique, par une Société de Gens de Lettres. *Caen*, 1786, 8 *vol. in-8°. v. m.*

48 ... { 809. Dictionnaire histor. & critique, par P. Bayle. *Amst.* 1730, 4 *vol. in-fol. v. m.*
810. Dictionnaire histor. par Prosper Marchand. *La Haye*, 1758, *in-fol. v. f.*
811. Nouveau Dictionnaire historique & critique, par Chauffepié. *Amst.* 1750, 4 *vol. in-fol. v. br.* }

De l'Imprimerie de STOUPE, rue de la Harpe, an VIII.

22 ... 19 . 796 Double

22 ... 19 . 796 Triple

2 ... 798 . 2 Exemplaires

8 ... 810 . Double

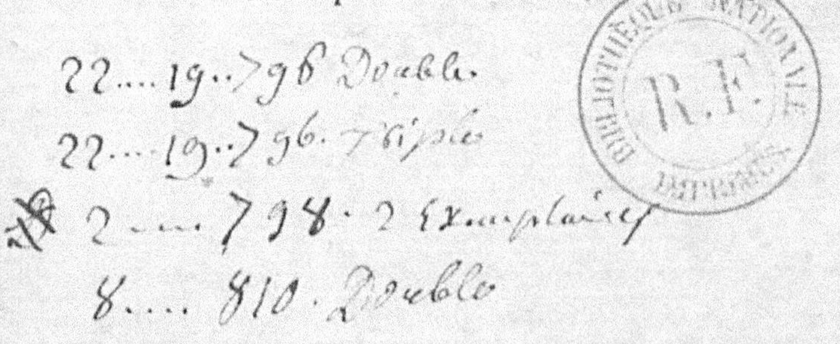

No 798. M. Caillard
No 799. Neuf. B.
No 800. Bullard. M. Caillard

798. Double. M. Caillard.

CATALOGUE
DES LIVRES

DE M..... *Santus, Libraire*
après son décès.

Dont la Vente se fera les Vendredi 14 et
Samedi 15 Floréal, an XII (4 et 5 Mai
1804), à onze heures très-précises du matin,
rue de la Harpe, la porte cochère en face
de la rue des Cordeliers.

SE DISTRIBUE

A PARIS,

Chez G. DE BURE père et fils, Libraires de la
Bibliothèque Nationale, rue Serpente, n°. 6.

Et chez M. LEJEUNE, Commissaire-Priseur, rue
Guénégaud, n° 42.

AN XII — 1804.

Les Livres seront exposés dans l'ordre qui suit :

Le Vendredi 14 Floréal.

Les Numéros 1............. 60.

Le Samedi 15.

Les Numéros 61.......... 105.

Les Corps de Tablettes en bois de chêne, et autres, seront détaillés , et vendus à la fin de la seconde Vacation.

CATALOGUE

DES LIVRES

DE M. . . . .

1. The holy Bible. 1708, 2 *vol. in-fol. v. m.* *15 . . . 1 .*
On a inséré dans cet Exemplaire les figures de la Bible de Saurin.
2. Physique sacrée, ou Histoire naturelle de la Bible, trad. de Scheuchzer. *Amsterd.* 1732, 8 *vol. in-fol. fig. m. r.* — — — — *186 . . .*
3. Acta Conciliorum, &c. studio Joannis Harduini. *Parisiis, è Typ. Reg.* 1715, 12 *vol. in-fol. v. m. Ch. Mag.* — — — — *39 . . .*
4. SS. Patrum qui temporibus apostolicis floruerunt Opera, gr. & lat. stud. J. B. Cotelerii. *Antverpiæ,* 1700, 2 *vol. in-fol. v. b.* — — — *4 . . .*
5. Hincmari Opera, stud. Jac. Sirmondi. *Parisiis,* 1645, 2 *vol. in-fol. v. b.* — — — — *5 . . . 1 . .*
6. Institutiones Catholicæ, in modum Catecheseos, auct. Fr. Amato Pouget. *Parisiis,* 1725, 2 *vol. in-fol. v. m.* — — — — *13 . . . 1 .*
7. Zend-Avesta, Ouvrage de Zoroastre, trad. par M. Anquetil. *Paris,* 1771, 3 *vol. in-4. v. éc.* *28 . . .*
8. Elémens des Sciences, trad. de Benj. Martin. *Paris,* 1756, 3 *vol. in-12. v. b.* — — — *3 . . . 1 .*
9. Les Loix de Platon, par le Traducteur de la République. *Amsterdam,* 1769, 2 *vol. in-8. v. f. Gr. Pap.*
10. Dialogues de Platon, trad. par le même. *Amsterdam,* 1770, 2 *vol. in-8. v. f. Gr. Pap.* *20 . . . 2*

11. Ouvrages politiques et philosophiques d'un anonyme. *Londres*, 1776, *in-8. v. m.* = Ethocratie, ou le Gouvernement fondé sur la Morale. *Amsterdam*, 1776, *in-8. v. m.*

12. Principes de Législation universelle. *Amsterdam*, 1776, 2 vol. in-8. v. m.*

13. Histoire naturelle de l'Ame, par Charpp. *Oxford*, 1747, *in-8. m. r.*

14. La Philosophie occulte d'Agrippa, trad. en françois. *La Haye*, 1727, 2 *vol. in-8. v. f. Gr. Pap.*

15. Recherches sur les volcans éteints du Vivarais, par Faujas de Saint-Fond. *Grenoble*, 1778, *in-fol. fig. v. m.*

16. Œuvres de Franklin, trad. par Barbeu du Bourg. *Paris*, 1773, 2 *tom. en* 1 *vol. in-4. v. m.*

17. De la Nature (par Robinet). *Amsterd.* 1761, 5 *vol. in-8. v. m.*

18. M. Mercati Metallotheca, cum appendice. *Romæ*, 1719, *in-fol. fig. v. m.*

19. Fossilium, Metalla et res metallicas continentium glebæ, descripsit D. Caf. Chrift. Smiedel. *Norimbergæ*, 1753, *in-4. m. bl. fig. coloriées.*

20. Ed. Luidii Lithophilacii Britannici Ichnographia. *Londini*, 1699, *in-8. fig. v. b.*

On a imprimé vis-à-vis le frontispice :
Hujus Libri centum & viginti tantum exemplaria impressa funt, &c.

21. Index Fossilium quæ collegit et in classes & ordines dispofuit Ignatius a Born. *Pragæ*, 1772, 2 *vol. in-8. fig. v. éc.*

22. Histoire physique de la Mer, par Marsilli. *Amsterdam*, 1725, *in-fol. fig. v. m.*

23. Dictionnaire économique, par N. Chomel. *Paris*, 1767, 3 *vol. in-fol. v. m.*

24. Le Jardinier Orangiste, présenté au Duc de Biron en 1762. *In-fol. m. r.* . . . . 6 ....

Manuscrit sur papier.

25. Flora Ægyptiaco-Arabica, auct. Pet. Forskal; edidit Carstern Niebuhr. *Hauniæ*, 1775, *in-4. cart.*

26. Eorumdem Descriptiones Animalium, Avium, &c. *Hauniæ*, 1775, *in-4. cart.* } 10 ....

27. Ornithologie, par Brisson. *Paris*, 1760, 6 *vol. in-4. fig. v. m.* . . . . 38 .... 19 .

28. Conchyliologie, dessinée par le Chevalier de la Touche. *In-4. m. viol. dent. doub. de tabis.* . 30 .. D

29. Mémoires pour servir à l'Histoire des Insectes, par de Réaumur. *Paris, Imp. Roy.* 1734, 6 *vol. in-4. fig. m. viol.* . . . . 74 . 15 D

30. Euclidis Elementa Geometriæ, arabicè. *In-fol. vél.* . . . . 4 .... 3 .

Imparfait.

31. Got. Gul. Leibnitii et Joan. Bernoulli Commercium philosophicum et mathematicum. *Lausannæ*, 1745, 2 *vol. in-4. v. m.* . . . . . . 9 .... 2 ....

32. Lettres de A. Dettonville (Bl. Pascal), contenant les résolutions des problêmes sur la Roulette, &c. *Paris*, 1659, *in-4. v. f.* . . . . 1 .... 10 D

33. Traité du Calcul intégral, par M. de Bougainville. *Paris*, 1754, 2 *tom. en* 1 *vol. in-4. v. m.* . 5 ....

34. Essai d'Analyse sur les Jeux de Hasard, par de Montmaur. *Paris*, 1713, *in-4. v. b.* . . . 12 .... 12 ..

35. La Mécanique appliquée aux Arts, aux Manufactures, à l'Agriculture, &c. par Berthelot. *Paris*, 1782, 2 *vol. in-4. fig. en feuilles.* . . . 10 ....

36. Collection complète des Arts et Métiers, y compris les Pesches, par MM. de l'Académie des Sciences. 34 *vol. in-fol. br. en cart.* . . . . 205 ....

A 3

35 Double. 3 Exemplaires complets
+ 6 tomes 1er . . . . 33 ....

37. Manuel Typographique, par Fournier le jeune. *Paris , Barbou , 1764, 2 vol. in-8. fig. br.*

38. Epreuves des Caractères de J. Enschedé , en flamand. 1768 , *in-8. v. f.*

39. Vue d'un Port de mer et d'une Ville peinte en Chine , montée fur gorge.

40. Architecture de Palladio , trad. en françois. *Venife , 1740, 8 tom. rel. en 4 vol. in-fol. fig. vél. vert.*

41. Le Monde primitif, par Court de Gebelin. *Paris , 1787, 9 vol. in-4. fig. v. m.*

42. Dictionnaire de l'Académie Françoise. *Paris , l'an VII, 2 vol. in 4. baf.*

43. The new Pocket Dictionary. *Paris , 1797, in-12. obl. baf.*

44. Ælii Ariftidis Opera omnia, gr. & lat. ex recensione Sam. Jebb. *Oxonii , è Th. Sheldon. 1722, 2 vol. in-4. m. r. Ch. Mag. Rarus.*

45. Pindari Opera, græcè. *Romæ , Zach. Calliergi , 1515 , in-4. baf. Rarus.*

46. Pindari Opera, græcè, cum latinâ versione carmine lyrico, per Nic. Sudorium. *Oxonii , 1697, in-fol. m. r.*

47. T. Lucretii Cari de Rerum Naturâ libri sex. *Glafguæ , Foulis , 1759 , in-4. m. bl.*

48. Lucrèce, trad. par la Grange. *Paris , 1768, 2 vol. in-12. fig. baf.*

49. Q. Horatii Fl. Opera. *Parifiis , è Typ. Reg. 1733 , in-18. m. r.* = Phædri Fabulæ. *Parifiis , è Typ. Reg. 1729 , in-18. m. r. Ch. Mag.*

50. Contes & Nouvelles en vers , par de la Fontaine. *Amfterdam , 1762, 2 vol. in-8. fig. m. r.*

51. Recueil de Chanfons, par de la Borde. *Les tomes 2, 3 & 4. in-8. fig. m. r.*

52. Œuvres de Molière. *Paris*, 1734, 6 *vol. in-*4. *fig. v. f.* _ _ _ _ _ _ _ _ _ _   38....

53. Les Nouvelles de Marguerite de Valois, Reine de Navarre. *Berne*, 1780, 3 *vol. in-*8. *fig. m. r.*   50 .... 10ˢ.

54. Histoire de Gil Blas de Santillane, par le Sage. *Lille*, 1794, 6 *vol. in-*18. *baf.* _ _ _ _ _   3.... 12..

55. Athenæi Deipnosophistarum libri xv, gr. et lat. ex recensione If. Cafauboni. *Lugduni*, 1612, 2 *tom. en* 1 *vol. in-fol. v. b.* _ _ _ _ _   22....

56. Œuvres d'Athénée, trad. par Lefebvre de Villebrune. *In-*4. *en feuilles ; le tome* 5. _ _ _   3....

57. Les Essais de Michel de Montaigne. *Bruxelles*, 1659, 3 *vol. in-*12. *m. r.* _ _ _ _ _ _   21.... 19..

58. Œuvres de Thomas, de l'Académie Françoise. *Paris*, 1773, 4 *vol. in-*8. *v. f. Gr. Pap.*   25... 19 2

59. Lettres Juives, Cabalistiques, Chinoises, & Mémoires de la République des Lettres, par le Marquis d'Argens. *La Haye*, 1754, 28 *vol. in-*12. *v. m.* _ _ _ _ _ _   18...

60. Cours des principaux Fleuves et Rivières de l'Europe, composé et imprimé par Louis xv. *Paris*, *dans l'Imprimerie du Cabinet de Sa Majesté*, 1718, *in-*8. *en feuilles.*   36... 2

61. Carte de la France par Généralités, collée sur toile.

62. Carte de l'Amérique Septentrionale, gravée en Angleterre en 1777, collée sur toile.   3.... 18..

63. Voyage autour du Monde, par M. de Bougainville. *Paris*, 1771, *in-*4. *v. m.* _ _ _   7....

64. Voyage de la Mer du Sud, par Frezier. *Paris*, 1716, *in-*4. *fig. v. f.* _ _ _ _ _ _   2....

65. Voyage dans l'Amérique Septentrionale, par Chabert. *Paris*, 1755, *in-*4. *cart.* _ _ _ _   3..-1

66. Essai sur l'Histoire chronologique de plus de 80 peuples de l'Antiquité, composé pour l'édu-   40.... 1..

cation de M. le Dauphin, par de la Borde. *Paris,*
Didot l'aîné, 1788, 2 *vol. in-*4. *m. viol. Pap. Vél.*

67. Hiſtoire univerſelle de Pufendorff, revue par
de Grace. *Paris,* 1753, 8 *vol. in-*4. *v. f. Gr. Pap.*
d'Holl.

68. Hiſtoire de la Papeſſe Jeanne, trad. de Span-
heim. *La Haye,* 1736, 2 *vol. in-*12. *fig. br.*

69. Eſſai ſur la ſecte des Illuminés. *Paris,* 1789,
*in-*8.

48 exemplaires en feuilles.

70. T. Livii Hiſtoriæ, cum notis Arn. Draken-
borch. *Lugd. Bat.* 1738, 7 *vol. in-*4. *bas.*

71. C. Julii Cæſaris opera. *Glasguæ, Foulis,* 1750,
*in-*4. *m. bl.*

72. Chronicon Paſchale, gr. et lat. *Pariſiis,*
1688, *in-fol. v. m.*

73. Scriptores Hiſtoriæ Byzantinæ poſt Theo-
phanem, gr. et lat. *Pariſiis,* 1685, *in-fol. v. m.*

74. Joan. Zonaræ Annales, gr. et lat. studio
Carol. du Freſne, Dom. du Cange. *Pariſiis,*
1686, 2 *vol. in-fol. v. m.*

75. Memoriæ Populorum, olim ad Danubium,
Pontum Euxinum, Paludem Mæotidem, &c.
incolentium, e Script. Hiſt. Byzant. erutæ à
Joan. Gott. Swittero. *Petropoli,* 1771, 7 *vol.*
*in-*4. *br.*

76. Voyage pittoreſque de Naples et de Sicile,
par de Saint-Non. *Paris,* 1781, 5 *vol. in-ſol.*
fig. dont 3 cartonnés, et le reste en cahiers.

77. Hiſtoire des François de S. Grégoire de Tours,
trad. par de Marolles. *Paris,* 1668, 2 *vol.*
*in-*8. *v. b.*

78. Recueil des Rois de France, leurs couronne
& maiſon, par J. du Tillet. *Paris,* 1618, *in-*4.
v. m.

79. Mémoires de Condé. *La Haye*, 1743, *in-4.*
v. f. tom. 6. - . . . .   1 ... 1..

80. Mémoires et Vie de Duplessis Mornay. *Chez
les Elzeviers*, 1624 & 1651, 5 *vol. in-4. v. f.*   26...

81. Observations d'un Voyageur anglois, sur la
maison de Force, appelée Bicêtre, par Mirabeau. 1788, *in-8. br.* . . . .   2...

20 exemplaires en feuilles.

82. Mémoires pour servir à l'Histoire du Comté
de Bourgogne. *Besançon*, 1740, *in-4. v. br.* . . .   1...

83. Description historique, politique et topogra-
phique de Dunkerque, depuis l'an 646 - 1770.
in-fol. m. r. . . . .   18 ... 2

Manuscrit sur papier, orné de très-beaux dessins peints à
gouache.

84. Histoire de Provenc, par Bouche. *Paris*,
1736, 2 *vol. in-fol. v. b.* . . . . . .   4 ... 10..

85. Tableaux topographiques & pittoresques de
la Suisse. *Paris*, 1780, 4 *vol. in-fol. fig. v. rac.*   350...

86. Histoire d'Angleterre, trad. de Hume. *Paris*,
1783, 6 *vol. in-4. v. éc.* . . . .   42 ... 19..

87. Manuel du Voyageur à Londres, par l'abbé
Tardy. *Londres*, 1800, *in-12. cart.* . . . .   3 ... 1..

88. L'Antiquité expliquée & représentée en figures
par Dom Bern. de Montfaucon. *Paris*, 1719,
10 *vol. in-fol. Gr. Pap. v. b.*

89. Supplément à l'Antiquité expliquée, par le
même. *Paris*, 1724, 5 *vol. in-fol. fig. G. Pap.*
v. b.
401 ... 2

90. Histoire de l'Art de l'Antiquité, par Winc-
kelmann, trad. par Huber. *Leipzig*, 1781, 3
vol. in-4. m. r. . . . .   43...

91. Costume des anciens Peuples, par Dandré
Bardon. *Paris*, 1772, 2 *vol. in-4. fig. cart.* . .   20....

92. J. B. Piranesius de Romanorum magnificentia et Architectura. *Romæ*, 1761, *in-fol. atl. fig. cart.*

93. J. B. Piranesi campus martius antiquæ urbis Romæ. 1762, *in fol. atl. fig. v. m.*

94. Le Pitture antiche d'Ercolano, &c. *Napoli*, 1757, 7 *vol. in-fol. fig. demi-rel.*

95. Ruines de la Grèce, par le Roy. *Paris*, 1770, 2 *vol. in-fol. atl. fig. v. éc.*

96. Ruins of Athens. *London*, 1759. = Les Ruines de Pæstum. *Londres*, 1768. = Ionian Antiquities. *London*, 1769, *in-fol. atl. fig. demi-rel.*

97. Les Ruines de Palmyre. *Londres*, 1753, *in-fol. atl. fig. cuir de Russie.*

98. Les Ruines de Balbec. *Londres*, 1757, *in-fol. atl. fig. m. r.*

99. Ruins of the palace of the Emperor Diocletian at Spalatro. 1764, *in-fol. atl. fig. v. m.*

100. Bibliographie instructive, par G. Fr. De Bure le jeune. *Paris*, 1763, 7 *vol. in-8. v. m.*

101. Dictionnaire Typographique, par Osmont. *Paris*, 1768, 2 *vol. in-8. v. m.*

102. Nouvelle Bibliothèque d'un homme de goût. *Paris*, 1798, 4 *vol. in-8. br.*

103. Mélanges d'Histoire et de Littérature, par Vigneul-Marville, (Dom Bonaventure d'Argonne). *Paris*, 1700, 3 *vol. in-12. v. f.*

104. Les cinq Années Littéraires, par Clément. *Berlin*, 1755, 2 *vol. in-12. v. m.*

105. Journal de Paris, années 1787-1794. 15 *vol. in-4. cart.*

Différens corps de Tablettes, en bois de chêne et autres, qui seront détaillés.